誘惑

松崎詩織

幻冬舎アウトロー文庫

誘惑

目次

1　濡れた指先

更紗《さらさ》の指先が私の肌の上を這《は》う。

「ああっ」

全裸でベッドの上にうつ伏せになっていた私は、あまりの気持ち良さに、思わず小さな声を漏らしてしまった。

私は慌ててため息で、その声を搔《か》き消そうとする。それなのに、彼女のオイル塗《まみ》れの指先からは私の努力など嘲笑《あざわら》うかのように、甘美な刺激が容赦なく繰り出されてくる。

「はうっ、ああっ。ううっ」

どうしても我慢できなくて、また声が零《こぼ》れる。恥ずかしさに全身を火照《ほて》らせながら、枕に顔を押し付けた。

私の漏らした声は、彼女にだって聞こえているはずだ。それなのに、更紗は素知らぬふりでマッサージを続ける。

憎らしい人。でも、恋しい人。

福山更紗は二十四歳のマッサージ嬢で、私の親友だった。もちろん、マッサージと言っても風俗なんかではなく、ちゃんとしたリラクゼーション・エステのお店に勤めている。

もっとも、更紗のお店はインターネットでマッサージ嬢の顔写真やプロフィールを見て指名ができるシステムを取っているので、お客の八割は男性だったりする。まあ、確かに更紗のような超美人の若い女性が、その細くしなやかな指で全身をマッサージしてくれるのだから、世のオジサマ達が会社のストレスから解放されたくて、押し寄せて来ても不思議はないかもしれない。

実際に女の私だって、彼女の指先の虜《とりこ》になって、頻繁にこの店に通っているのだ。池袋にあるリラクゼーション・エステの店「パンドラ」。今夜も私はその個室で、更紗の甘美な指先によるマッサージに酔いしれていた。

「良い香りね。これってなあに？」

枕に顔を埋《うず》めたまま、照れ隠しに私が尋ねた。

アロマオイルでベトベトになった私の体の上を、更紗の指先がしなやかに躍る。首筋から背中を通り、それがお尻へと流れる。お尻から太腿《ふともも》の付け根をマッサージするとき、更紗の指先が私の性器に触れた気がした。

体に緊張が走る。それなのに更紗の指先は何でもないようにすぐに別の場所に移ってしまった。反応した自分がちょっと悔しい。

「今日のアロマオイルはローズマリーよ。肩凝りやむくみ、それに内臓疲労や鎮静にも効果があるの。薫《かおる》、作家の仕事が忙しいって言ってたから、疲れがとれるようにと思ってね」

「ありがとう。とっても良い香りよ。すごく癒される感じ」

「疲れが溜《た》まっているときは、ほんとはイランイランも良いんだけどね」

「イランイラン？」

「そう。滋養強壮や催淫《さいいん》効果があるんだ。薫は女流官能小説家だから、とくに効果があるんじゃない？」

そう言って、更紗が悪戯《いたずら》っぽく笑った。

彼女の指先だけで、もう充分に効果は上がっている。それでなくたって私の体はさっきからおかしな火照りが続いているのだから、これ以上、催淫効果なんて出されたら、堪《たま》ったもんじゃない。

「大丈夫、更紗の指先のおかげで充分おかしな気分になっているから」

「あら、薫ったら、あたしのマッサージで気分出しちゃったの？」

ふふっ、と更紗が笑う。その間も、アロマオイルでヌルヌルになった彼女の指先が、私の素肌を刺激し続ける。

首筋から背中をマッサージしていた指が、脇の下をくぐり抜け、うつ伏せになった私の体の下に潜り込んできた。

潰《つぶ》れて体からはみ出していた私のGカップの胸が、オイル塗れの手で鷲摑《わしづか》みにされる。

「あああっ、そんなとこマッサージしないで」

「だって、薫のおっぱいがいやらし過ぎるから、特別サービスしたくなっちゃうのよ」

「いやっ、恥ずかしい」

「そんなこと言って、乳首が硬くなってきたわよ」

私はあまりの快楽に、ベッドの上で身悶《みもだ》えることしかできない。同性である更紗の指先に、翻弄《ほんろう》されている自分が死ぬほど恥ずかしい。すでに私の性器からは、淫《みだ》らな体液が、透明の糸を引くように溢《あふ》れ出しているはずだった。

「ごめんなさい」

枕に顔を埋めたまま、私は消え入るような声で許しを乞《こ》う。すでに客とマッサージ嬢という主従関係は逆転している。

「薫、ここはそういうお店じゃないのよ。いけない子ね。薫がどれだけいけない子なのか、あたしが確かめてあげる」

更紗の指先が私の体の上をゆっくりと下がっていく。ローズマリーの噎《む》せ返るような香りの中で、私はこれから起こることへの期待と不安で、その体を小さく震わせた。

福山更紗は牝豹のようなスレンダーな体に、細く長い手足と透き通るような白い肌を持った絶世の美女だ。

キラキラとした自己主張の強そうな瞳、すっきりと整った鼻筋、そして危険な匂いが漂うような妖しげな赤い唇。それは女の私が見ても惚《ほ》れ惚《ぼ》れするような美しさだった。

そんな更紗と私は、中学時代からの親友だった。

彼女は大学卒業と同時に今のリラクゼーション・エステの店に勤めたが、私は学生時代に書いた小説が、ある出版社の新人賞を受賞したことをきっかけに、そのまま大学院に進んで、学生兼女流作家として仕事をしていた。

そんな二人は今でも休日を一緒に過ごすような仲だが、ファッション雑誌から抜け出したような更紗と巨乳グラビア系の私が腕を組んで歩いたりしているだけで、すれ違う男性達から、口笛を吹かれたりした。

実はそれが私の楽しみだったりもする。私は基本的には恋愛対象に性別は関係ないタイプなので、更紗のような美しい女性と一緒に過ごせるだけで、心ときめく思いだった。

その憧れの更紗に、全裸の体をアロマオイルでマッサージされているのだ。感じるなと言う方が無理な話だった。

更紗の指先が私の性器の襞《ひだ》を優しくなぞっていく。包皮を剝《む》かれて空気に触れたクリトリスに、ドクドクと音を立てながら、血液が流れ込んでいくのがわかる。

「ゆ、許して……」

「だめよ、許さないから」

更紗の指先によって剝き出しにされたクリトリスが、ぷっくりと小さなさくらんぼのように膨れ上がっていく。

「ああっ」

「薫、こんなにしちゃって。だめじゃない、この店はそういうことをするとこじゃないのよ」

「だって……」

枕から顔を上げた私は、恨めしそうに更紗を見上げた。狭い個室の間接照明に照らされて、アロマオイルでヌルヌルになった更紗の指先が光って見える。

私はそれをぼんやりと見つめた。きれいだと思った。

「薫といると、あたしまで何だかいやらしい気分になってくるから不思議。さすが、薫はプロの官能小説家よね」

二人の視線が絡み合う。私は金縛りにあったように、その視線を外せなくなる。更紗の指先が私の一番敏感な部分を優しく押し潰した。

「あううううっ」

「だめよ、他のお客様に聞こえちゃうでしょ」

「ごめんなさい。でも、更紗がいけないのよ」

「あら、いけないのはすぐにエッチな反応を示しちゃう薫の体の方でしょ？」

そう言いながら、更紗の指が円を描くようにクリトリスを刺激し始めた。

「ああああっ、だ、だめ！」

「嫌なの？　だったらやめるけど」

「そ、そんな……」

「どうするの？　もうやめる？　それとももっとする？」

喉《のど》が渇く。脳みそが溶け出すような快楽が、急速に肉体を支配していく。視点の定まらぬ虚《うつ》ろな目を向けながら、私は無意識に頷《うなず》いていた。

「もっと……」

「なあに？　そんな小さな声じゃ聞こえないよ」

「もっと、して欲しい」

「何をして欲しいの？」

私は恥ずかしさで頭がおかしくなりそうになりながら、夢中で更紗の指先を追い求める。

「もっといじって」

「薫って、ほんとにいやらしい子ね」

更紗の中指と親指が、私のクリトリスを強く押し潰した。

「あううううっ！」

私は我慢できなくて、快楽の絶頂に達してしまう。ビクビクと全身が震えた。しかし、それだけでは許してもらえない。開きっぱなしの唇から涎《よだれ》を溢れさせながら身悶える私に、更紗の指先が襲い掛かった。

性器を掻き分け、指が進入してくる。私はその指がそのまま体の中心を突き抜け、脳天から飛び出してきそうな錯覚に襲われた。

小さな波が幾重にも連なって訪れる。無意識に涙が零れた。

更紗の指先によって、私の性器がぐちゃぐちゃになる。それがアロマオイルのためなのか、私の体液のためなのか、もはや区別はつかなかった。

溶け出した性器が奏でる聞くに堪えないような淫らな音が、狭い室内に充満する。私は自分の体から出たその音のあまりの淫らさに、気を失いそうになった。

「薫、かわいい」

耳元で、更紗の甘い声が囁《ささや》かれる。更紗の声が天使にも悪魔にも聞こえた。失いかけた意識が、強引に引き戻される。ゾクゾクして、全身に鳥肌が広がった。もう片方の手で、同時に乳首を転がされる。

「あうううううっ」

三秒おきに意識が薄れたり戻ったりを繰り返す。痛みに似た快楽が、全身の神経を麻痺させていく。

「いきたい？」

私は目に涙を浮かべながら、激しく頷いた。

「だめ。いかせてあげない」

私は涙の滲《にじ》んだ瞳を、更紗に向ける。

快楽のうねりは、すでに限界の大きさまで膨れ上がっていた。もう、一秒だって我慢できない。ちょっとでも気を許せば、瞬《また》く間に飲み込まれてしまいそうだった。

「もう……だめ」

私は必死で訴える。そうしている間も、更紗の指先が性器の中で蠢《うごめ》き続ける。

子猫がミルクを舐《な》めるような音が、私の性器から響いている。舌を噛《か》んで死んでしまいたいくらい恥ずかしいその音が、私を辱《はずかし》めている。

それなのに、私は大きく開いた脚を閉じることができない。それはまるで目に見えない魔法の縄で、両足首をベッドに括《くく》られているようだった。

開かれた両足の間に、更紗の手が伸びている。

「いやらしい格好ね」

「恥ずかしい……」

それでも私の両足は、閉じられるどころか、彼女の指を求めて、さらに大きく開いてしまう。肥大化していく自分の欲望に絶望さえ感じた。それなのにどうしようもできない。膨れ上がった欲望は、パーンと音を立てていつ破裂したっておかしくない。でも、暴走が止まらない。

「薫、こうして欲しいんでしょ？」

更紗の指先の動きが、その速度を増した。私の性器の奥深く、女の子にしかわからない微妙な場所を、彼女の指先は的確に刺激し続ける。私の腰が勝手に跳ねる。

「あああっ、だめっ。お願い。もう、お願いよ」

視点の定まらぬ瞳から、大粒の涙が幾重にも零れた。

更紗の美しい顔が、ゆっくりと近づく。彼女の汗の香りを感じる。私はうっとりと、その甘い香りを鼻で深く吸い込んだ。

更紗が舌を出す。ピンク色の細くて長い舌が、蛇の舌のように震えながら伸びると、私の頰《ほお》を伝う涙を、ゆっくりと舐め上げていった。

体が震えた。全身の肌がフツフツと沸き立つ。もう、それだけでいってしまいそうだった。

「薫、うちはちゃんとしたエステのお店なのよ。風俗店とは違うの。そんな風に感じたりして、いいと思ってるの？」

私は弱々しく首を振る。でも、私の甘っちょろい理性など、更紗の指先の前では、簡単に崩れ去ってしまうのだ。

肉体を支配する快楽が、すでに理性を完全に麻痺させていた。

「あああっ、もうだめ。許して。我慢できないの！　何でも言うことをきくから、お願い！」

「どうしようかなぁ」

そう言いながらも、彼女の指の動きは、少しも休むことはない。

私は自分の二の腕の皮膚に強く嚙みついた。柔らかな肌に深く歯形が残るくらい、力を込める。激痛が走った。でも、そうでもしないと、あっという間に絶頂に登り詰めてしまいそうだった。

それを見ていた更紗が、私の耳朶《みみたぶ》にキスをしながら、そっと囁いた。

「いい子ね。頑張って耐えようとしてるのね」

「うううううっ」

「薫、かわいい。ご褒美に、もっとよくしてあげる」

次の瞬間、更紗の指先が私のGスポットを突き刺した。

「いくぅぅぅうっ！」

ベッドの上で体を激しく仰《の》け反《ぞ》らせ、私は絶頂に達した。

「ああっ、いくぅ！」

快楽が止まらない。私はそのことを伝えたくて、絶頂を言葉にして繰り返す。白目を剝き、涎をこぼしながら、快楽の頂点で叫び声を上げ続けた。

収縮した性器が、私の意志とは関係なく、勝手に更紗の指を締め付ける。そうすると余計に彼女の指の感触が伝わってきて、私は恥ずかしさに死にそうになった。

歯を食い縛り、手をきつく握り締めても、全身の痙攣《けいれん》が止まらない。ビクンビクンと電流が流れたみたいに、細い体が飛び跳ねてしまう。

同じ女の子である更紗の指先がもたらす甘美な快楽は、男性とのセックスとはまったく違った凄みを持っていた。

男性が知らない、女の子だけの秘密の快楽。共犯者となった私達は、溶け出すような視線を絡ませ、見つめ合った。

はあはあと、私は肩で激しく呼吸を繰り返す。

更紗の細く長い指が、ゆっくりと私の中から出て行こうとする。無意識にそれを追うように、腰を動かしてしまった。

「よくばりな薫」

ピシャリとお尻を平手で打たれた。その痛みが快楽の余韻をさらに深めていく。

「恥ずかしい」

頬をピンク色に染めた私に、更紗がにっこりと微笑《ほほえ》む。

マッサージが再開される。痙攣が治まったばかりの体を、アロマオイルに塗れた指先が刺激していく。私はうっとりとして、その指先に酔いしれた。

「薫、この後、何か予定ある？」

「ないよ。もう帰るだけ」

「あたしもこれで今夜の仕事は終わりなんだ。これから薫の家に行ってもいい？」

「いいよ。泊まっていく？」

「そうね。薫さえ良ければそうしようかな。さっきの約束もあるしね」

そう言って、更紗が意味ありげに微笑む。

「さっきの約束？」

「そうよ。いかせてくれたら何だってするって、さっき言ったよね？」

「う、うん……」

いきたくてもいかせてもらえないという刹那《せつな》的な快楽の中で、確かにそんなことを口走ってしまったような気がした。

「はい、それじゃあ今日のマッサージはここまでね。どう、気持ち良かった？」

「うん、すごく癒された」

「あら、薫には規定外の特別サービスまでしたんだから、癒されただけじゃないんじゃないの」

私は恥ずかしさに両手で顔を覆いながら、華奢《きゃしゃ》な体を起こした。ベッドの上に腰掛ける。

「それにしても本当に大きなおっぱいね。ちょっと憎らしいくらい」

背後から更紗の手が伸びてきて、私の胸を鷲掴みにした。そのまま、たっぷりとした量感を確かめるように、タプタプと掬《すく》い上げる。

「ああっ」

不意を突かれて、私は抵抗できない。後頭部を更紗の肩に預けるようにしながら、目を閉じて体の力を抜いてしまった。

「何をまた、その気になってるの？　薫ったら、エッチなんだから」

すうっと、更紗の手が離れていく。仕方なく、私は恨めしげな視線を送りながらも、シャワールームへと向かった。

2　嘘つきな指先

一人暮らしをしている私の部屋に、親友である更紗はよく遊びに来ていた。池袋から徒歩二十五分の2LDKのマンション。恋人のいない私には、広すぎる部屋だった。

「いいなぁ、広い部屋で」

玄関でミュールを揃えて脱ぎながら、更紗が私の背中に語り掛ける。

「私にはちょっと広すぎてもったいないけどね」

「さすがは売れっ子女流官能小説家・長崎薫よね。印税っていうの？　けっこう良い収入になるんでしょ？」

私はそれには答えず、さっさと服を脱いで室内着に着替え始める。面倒なブラジャーを外すと、解放感に体が楽になった。そのままルーズなタンクトップとセットのショートパンツに着替える。ともに薄手のパイル地で、ふわふわな感じの白だった。以前、更紗に、「まるでウサギみたい」と言われたことがあったのを思い出す。

「いつ恋人が出来てもいいように、ちょっと広めの部屋を借りたんだけど、ずっと宝の持ち腐れね。こんなんだったら、ワンルームマンションで充分だった」

　更紗もサマーニットのカーディガンを脱ぎながら、勝手知ったる感じで冷蔵庫を開け、バドワイザーを二本持ってくる。

「宝の持ち腐れはこの部屋ばかりじゃないでしょ。薫ったらこんなナイスバディを持っているのに、触ってくれるのは女のあたしばかり。ほんとにもったいないと思う。マッサージ嬢の私以外にこのGカップの巨乳を揉《も》んでくれるような素敵な男性はいないの？」

　そう言いながらおっぱいの谷間に、バドワイザーの缶を押し込んでくる。

「あんっ、冷たい」

「もう、あたし相手にそんな色っぽい声を出してもしょうがないでしょ」

「う、うん。そうだよね」

「ほんとに誰かいないの？」

「うん、いないよ」

　これは嘘だった。

　もちろん恋人と言えるような人はいない。しかし、デートをしたり、たまにセックスをしたりするような男性なら、実はもう五年以上も親しくしている人がいた。

　山崎さんという三十八歳のサラリーマン。大手の商社に勤めるエリートビジネスマンで、整った顔立ちと引き締まった体が魅力的な素敵な男性だった。清々《すがすが》しい笑顔と話題豊富な大人の会話が魅力で、月に二、三回のデートを続けていた。

しかし、私にとって山崎さんは恋人ではない。彼と恋愛について語り合ったことは一度もなかった。彼も私にそんな感情は持っていないだろうし、私もそんな関係を彼に望んではいなかった。

それでも私は恋愛感情など抜きにして、彼との関係をずっと続けてきた。それについては自分自身でも明確な理由はわからない。恋人がいない心の隙間《すきま》を埋めたかっただけかもしれなかったし、時折どうしようもなくなってしまう体の火照りを鎮めるために、欲望を掻き立てる男性が欲しかったのかもしれなかった。

とにかく彼の大人の雰囲気に触れ、その肉欲に溺れながら未熟な体を翻弄されることが、年上好きの私にはたまらない魅力となっていた。

更紗が私の目をじっと見つめる。アイラインで強調された猫のような目が、私を釘付けにする。

「薫、約束のことだけど、何でも言うことききくって言ったの、覚えてる？」

私は更紗の指先によっていかされた瞬間の自分を思い出して、頬を赤らめた。蘇《よみがえ》る記憶が体温を上昇させる。

「うん、覚えてる」

「じゃあ、あたしのお願い、聞いてくれる？」

ソファに腰掛けている私の隣に、更紗がゆっくりと座る。彼女の手が、私の手に重なった。ひんやりとして気持ちが良い。

「更紗の言うことなら、何でもきいてあげるよ」

日本中の男達を虜にしてしまうんじゃないかと思うほどの絶世の美女が、すぐ隣で私の手を取りながら掠《かす》れた声で囁いている。私はもうそれだけで、たとえそれがどんな無理難題であろうと、受け入れる覚悟をしていた。

更紗の唇が動く。私はその様子を魅入られたように見つめていた。

「薫はプロの官能小説家でしょう。何冊も本を出したりしているよね」

「ええ、まあ。まだまだ新人作家だけどね」

「官能小説ってエッチなシーンとかいっぱいあるんでしょう。どんな風にして書くの？　やっぱり自分の体験とかを参考にするものなの？」

「うーん、よく男性のファンからもそういう質問を受けるんだけど、実際に体験をもとに書くことなんて、ほとんどないよ」

「えっ、そうなの？」

「ミステリー作家だって殺人を犯したこともなければ、犯人を捕まえたこともないでしょう。でも、毎回次々と新しい事件を思いつくんだよ。ＳＦ作家だって別に誇大妄想狂でもなければ、未来に行ったことだってない。官能小説家だって、淫乱でも娼婦でもないよ。私なんて、性的な体験から言えば、けっこう見掛け倒しかもしれない」

私は曖昧《あいまい》に笑った。

「でも、まったくすべてが想像ってわけでもないんでしょう？」

「まあね、ちょっとは体験したことをモチーフにすることもあるけど、だいたいが私の創作かな」

「ふーん、そんなもんなんだ。薫、今どんな仕事しているの？」

「スポニチって新聞、知ってる？」

「うん、知ってるよ」

「その連載が、もうすぐ始まるんで書き始めているところ。なかなか面白い話が思いつかないんだよね」

私の話を聞いていた更紗が、悪戯っぽくにっこりと微笑む。私はその天使のような笑顔に、思わず見とれてしまった。

「ねえ、あたしをその小説に出してくれない？」

「えっ、更紗を？」

「そう。前からちょっと興味があったんだ」

更紗の指先が、私の手の甲をゆっくりとなぞる。

「い、いいけど。でも、名前とか出してもいいの？」

「別にいいよ。っていうか、むしろうれしいかも」

私は席を立つと、窓際にある机の上のパソコンのスイッチを入れた。キーボードをブラインド・タッチで操作して、素早くパスワードを入力する。

「へぇ、キーボードを打っているときの薫の指先って、カッコいいね」

「おかしなとこに感心するのね」

「ほんとにあたしを薫の小説に出してくれるの？」

更紗が私の顔を覗《のぞ》き込むようにして聞いてきた。美しい彼女に見つめられると、それだけで女の私でもドキドキする。

「もちろん、いいわ。どんな設定にしようか？」

「うーん、それはプロの薫に任せるよ。取材が必要なら、どんなことでも聞いて」

腕組みをして小首を傾《かし》げている更紗の愛らしさがたまらない。もしも私が男だったら、間違いなくこの場で彼女を押し倒していたに違いないだろう。いや、女の私だって、この先そうしないという自信はなかった。

デニムのショートパンツからまっすぐに伸びた細くて長い脚が、眩《まぶ》しかった。更紗が脚を組み替えるたびに、その白さが残像となる。

「更紗の勤めているマッサージのお店では、お客さんの多くが男性なんでしょう？」

「そうね。八割以上が男性客かな」

「裸の男性と個室で二人っきりになって、危ないこととかなかった？　変な人とかいない？」

「裸っていっても、ペーパーショーツだけは穿《は》いてもらってるから、全裸ってわけじゃないのよ」

「えっ、そうなの？　じゃあ、なんで私のときは全裸なの？」

更紗が笑いながら、ペロリと舌を出した。

「やばっ、ばれちゃった。ちょっとした悪戯みたいなものよ」

「えー、私だけが全裸だったのぉ」

「そのぶん、薫にだけ特別サービスしたんだから、いいじゃない」

「ま、まあね」

更紗は澄ました顔をしている。私の方がなんだか恥ずかしくなって、頬を赤らめてしまった。

「風俗店と勘違いして来る人は、けっこういるかな。ビルの上の階がそういうお店だから、勘違いしちゃうみたい」

「なるほど。手とか握ってくる人はいないの？」

ふふふっと、更紗が笑う。その笑顔に私はキュンとなってしまう。

「いるいる。手のマッサージの最中に、いきなり握り返してくる人。そういうときは、握れないように、上から押さえ付けちゃうけど」

「もっと危ないのは？」

「全身をアロマオイルでマッサージするわけでしょう。仰向けのときにアレが元気になっちゃう人はけっこういるかも。でも、お客さんの方が言い訳してくるから、ちょっとかわいいかな。勃《た》っちゃった、ごめんね。とかね。そういうときは笑ってあげるけど、基本的には見て見ぬふりかな。めんどくさいから」

「そうなんだ。他には？」

「お店のペーパーショーツじゃなくて自分の下着で受けたいって言い張るからＯＫしたら、なんとふんどしだったこともある。笑っちゃったけど」

「確かにそれは笑える」

「最後に着替えてもらうときに、抜いてる人もいた。お客さんが帰った後でペーパーショーツを片付けようとしたら、その中にべっとりと精液が。おもいっきり触っちゃった。あとはやっぱりデートに誘ってくる人かなぁ」

「デートに？」

私はそこでぐっと身を乗り出した。

「マッサージしている最中に、デートに誘ってくるお客さんってやっぱり多いの？」

「ご飯を食べに行こうとか、携帯の番号を教えてくれとかって言う人は多いかな。お尻を触ってきたり、抱きついてきたりする人に比べれば、全然ＯＫだけどね」

そりゃあ、更紗ほどの美人がペーパーショーツ一枚だけの男性の全身をオイルに塗れた指でマッサージしてくれるのだ。勘違いしてしまう男性が次々と現れたとしてもしょうがないだろう。私だって毎回おかしな気分にさせられているのだから。

「今まで、お客さんとお店の外で会ったことある？」

私はごくりと唾《つば》を飲み込む。

「お客さんと外で会うのは禁止なのよ」

そう言いながらも、更紗は悪戯っぽく笑っていた。私服姿の更紗が私の知らぬ年上男性と腕を組んで夜の街を歩いている姿を想像する。

ドキドキした。

「なんか小説のネタを思いついた気がする」

私はパソコンでワードを立ち上げると、書式設定をスポニチの依頼原稿に合わせた。

更紗がモニターを覗き込む。更紗の体から甘い香水の香りが漂った。その香りに包まれて、私の性感が高まっていく。指先が熱くなっていった。

「どんな話なの？」

更紗が期待に満ち溢れた笑顔を向ける。まるで夏休み初日の小学生みたいな顔だと思った。

「更紗がヒロインよ。今から打ってみるから、ちょっと読んでみてね。気に入ってもらえたら、そのままスポニチの連載に使っちゃうから」

それから私は猛然とキーボードを打ち始めた。小説を書き始めると、私の指は機関銃のように、キーボードを叩き続ける。ペンで紙に書くより、断然この方が早かった。

「凄い！　薫の指先って、なんだかとってもエロティック」

更紗がうっとりとした表情で、私の指先を見ていた。

「マッサージしているときの更紗の指先の方がエロティックだと思うけど」

私が照れながら反論すると、彼女は私の指先から視線を離さず、小さく首を振った。

「そんなことない。薫の指先の方がエロティックだと思うよ。あたしの指先は正直に快楽を伝えるけど、薫の指先は嘘をつくんだもん」

私は一瞬、キーボードを打つ手を止め、自分の指先を見つめた。

そうかもしれない、と思う。私の指先は、嘘つきな指先なのだ。

その指先を、じっと更紗が見つめている。私はキーボードを叩き続け、更紗をヒロインにした官能小説を書き始めた。

私の大好きな更紗。私は彼女のことを愛している。彼女を見ているだけで、呼吸困難に陥りそうになるくらい、胸が苦しくなる。もちろんそのことは彼女には伝えていない。

私が更紗と出会ってからのこの十年間、一度も彼氏を作らなかったのは、彼女が原因だった。彼氏どころか男性とは、恋さえしていない。

なぜなら、私はずっとずっと、彼女に恋していたのだから。

隣に更紗がいる。

時折、腕と腕が触れ合う。触れ合った肌を通して、更紗の体温を感じるほどの距離で、彼女が私の書く官能小説を読んでいる。

彼女の匂いがする。

体を動かすときに仄《ほの》かに香る香水。長い髪を指で掻き上げる仕草と共に香るシャンプー。

そして指先に染み付いたアロマオイル。私はそれらの噎せ返るような濃厚な女の匂いに包まれ、密かに欲情しながら、官能小説を書き続けた。

そして、それをすぐ側《そば》で、更紗が読んでいる。

✝

酷《ひど》い頭痛がした。アルコールのせいで体に力が入らない。こんなに酔ったのは久しぶりだった。

いつの間に眠ってしまったのだろう。マンションの自分の部屋に転がりこんだところまでは覚えている。だがその後のことは、さっぱりだった。いつ服を脱いだのかさえ思い出せない。

窓から差し込む月明かりだけの薄暗い部屋の中。あたしは目を覚ました。ぼんやりと霞《かす》む意識の中で、体を刺すような視線を感じる。

あたしはだんだんと蘇っていく感覚とともに、自分の体に起きているその状況に悲鳴をあげた。いや、正確には声になっていない。あまりのショックに声も出なかった。

あたしは唯一自由になる首だけを動かし、自分の体がどうなっているのかを確認した。

剥きだしの胸が幾重にもなった赤い色の麻縄で、いびつな形に絞り出されている。両腕は背中で交差するように、きつく縛られていた。足はベッドの上でM字に曲げられ、胸を絞り上げている縄でそのまま固定されている。

開く限界まで広げられた体は、羞恥《しゅうち》を飛び越えて精神が崩壊するぎりぎりのところまで露《あらわ》になっていた。縄以外のものは一切身に着けていない。全裸だ。

体を少しねじってみた。鋭い痛みが全身を襲う。

なぜ？　なんでこんなことになってるの？

あたしは錯乱する意識と戦いながら、必死で自分の身に起こったことを思い出そうとした。そのときだった。暗闇の中から男の声がした。

「更紗、気がついたかい？」

「だ、誰？」

「私だよ」

そう言って、ベッドに腰掛けてきた男の顔を見て、あたしは驚く。薄れていた記憶が少しずつはっきりとしてきた。

その男はあたしの客だった。リラクゼーション・エステの店でマッサージの仕事をしているあたしの常連客で、三十代後半のサラリーマン。毎回、マッサージの度にしつこく食事に誘われた。

　その熱心さにほだされたわけではないが、顔がちょっと好みのタイプだったのと、話題が豊富でとっても話しやすかったので、携帯番号を教えた。そして今夜、二人で会った。食事をしながら、彼のおもしろい話に誘われるように、相当お酒を飲んだことは覚えている。しかし、記憶は途中までしかなかった。

　あたしは全裸で縛られている自分の体を見下ろした。

　彼の視線が体に突き刺さる。あたしはその視線の行く先を想像して、息を呑んだ。あまりの恥ずかしさに、思わず目を閉じてしまう。女の子として絶対に有り得ないと思うほど大きく開かれたあたしの肉体。彼の視線の行き先はその中心へと向かっていた。

「どうして？」

「どうして、こんなことをするのか、そう言いたいのかい？」

　あたしは目を開け、抗議の視線を彼に向けながら、唯一動かせる首だけを使って小さく頷いた。

「部屋に誘ったのは更紗の方だよ。帰ろうとした私の腕を掴んで、強引に部屋に引きずり込んだんだ。服を脱いで裸になったのも、君が自分から進んでやったことだ」

またやってしまった。飲み過ぎると、時々やってしまう。普段とは違う、淫らな自分。過去何度か、お酒で失敗をしたことがあった。

「でも、この縄は……」

あたしは弱々しげに、それでも最後の抗議を試みる。

「ああ、確かに縄で縛ったのは私だよ。でも、別に無理やりしたわけじゃない。飲んでいるときに、私が緊縛が趣味だと言ったら、君の方から興味を示してきたんだ」

「う、嘘よ」

「嘘なものか。途中でアダルトショップに寄ってこの縄を買ったときも、色を選んだのは君自身だ」

あたしは彼の目を見ることができなくなって、顔を背けた。

「恥ずかしいのかい？　自分の姿から目をそらさないで。今どんなに恥ずかしい姿をしているのか、よく見てごらんよ」

「あ、あたしをどうするの？　変なことをしたら、警察に訴えます！」

彼は大きなカバンを手繰り寄せ、中から巨大なバイブレーターを取り出した。それを見て、あたしは絶望的な気分になる。

「警察に訴える？」

「そうよ。ほんとにそうするから」

「ふーん、それでどうなるの？」

「どうなるって……」

「そうしたければ、すればいい。でも、そんなことしたって、何も変わらないよ」

「変わらないって……」

「それでは一生、君は今の君のままだよ。何も変わらない」

「べ、別に変わりたくなんかありません」

彼が黒光りするバイブレーターの先端で、あたしの性器を軽く撫《な》ぜた。

「本当にそうかな。酒に泥酔したときの更紗と普段の更紗は、まるで別人のようだった。私の前で服をすべて脱ぎ捨て、腕を背中に廻して縄を待つときの君の輝いた瞳。あの瞳に、私は吸い込まれそうになったよ。いったい、どっちの君が、本当の姿なんだろうね？」

「そ、そんなこと、知りません」

あたしは顔を伏せたまま、首を横に振る。男の言っていることなど、信じたくなかった。

「普段は、本当の自分を隠しているんじゃないのかい？　私なら、もう一人の更紗を見つけてあげられるかもしれない」

もう一人の自分。彼の言葉が、頭の中でリフレインする。意識が液体になっていく。

「これは普通のバイブレーターの三倍のパワーがある強力タイプなんだ。日頃からオナニーになれている子でも、死ぬほどきついと思うよ」

あたしはゆっくりと顔を起こす。彼と目が合う。

彼の言葉が、あたしの中で溢れていった。

彼はあたしの開かれた体の前に座り込み、ゆっくりと片手を伸ばした。クリトリスの包皮が捲《めく》られ、空気に触れるのを感じる。逃げようと暴れてみるが、きつく縛られた体はベッドの上に固定されていて、びくともしない。

部屋の生暖かい空気に触れて敏感になったクリトリスに、彼がバイブレーターを押し当てる。

「あうっ！」

まだ、スイッチは入れられていないというのに、あたしの体はそれだけで跳ね上がってしまった。

体温が上昇する。熱かった。彼と目が合う。強い視線だった。

「お願い。酷いこと、しないで」

彼は決して視線をそらさない。その視線に吸い込まれそうになった。

クリトリスに当てられたバイブレーターがさらに強く押し付けられる。あたしは苦痛に顔を歪《ゆが》めた。全身を滝のような汗が流れていく。

締めきった部屋の温度は、温室のように上がっている。今夜は熱帯夜だったはずだ。息苦しいほど淀《よど》んだ部屋の中で、バイブレーターが当たっているあたしのクリトリスだけが、激しく震えている。

苦痛と快感が入り混じった波が子宮を通って後頭部まで突き抜けていく。

「誰も本当の君を知らない」

「えっ？」

初めは何を言われたのかわからなかった。戸惑っていると、彼は再びあたしに囁《ささや》いた。

「誰も本当の君を知らない。更紗、君がどんな欲望を持って、どんな風に生きたいのか。残された若さという輝ける時間を、どう使って生きたいのか。何に悩み、何に苦悩しているのか。誰も本当の君を理解していない」

この男はいったい何を言っているのだろうか？

いくら泥酔したあたしが誘ったとはいえ、人の家であたしを全裸にして縄で縛り、バイブレーターで陵辱しようとしている。そんな男にいったい何がわかるっていうのだろう？　でも……あたしは、何がしたいんだろう。

彼がバイブを微《かす》かに動かした。無意識に体がびくんと反応してしまう。

「どうする？」

「えっ？」

「どうする？　このバイブレーターのスイッチを入れるかい？　これはさっきも言ったように、かなり強烈な刺激を与えてくれるよ。更紗の羞恥心や理性なんか、簡単に粉々に壊してくれる。悪魔のような快楽と一緒に、女として生まれてきたことを後悔したくなるような屈辱が襲ってくるだろう。それでもスイッチを入れるかい？　もし君が拒絶するなら、私はこのままスイッチを入れずに君の縄を解《ほど》き、何もせずに帰ることにする。君はその後で警察を呼べばいい。さあ、どうする。入れる？　それとも、入れない？」

彼は話している間も、ずっとあたしの目を見たままだった。絶対に視線を逸《そ》らしたりしない。

縄が肌に食い込む。苦痛から来る不安。それなのに、安らぎを感じる。不思議な感覚だった。

「肉体の拘束が、精神の解放に繋《つな》がるんだ」

彼が耳元で囁く。その言葉が、頭の奥深くで何回も繰り返され、やがて溶《と》けて広がり始めた。毒薬の快楽だと思った。

こんな卑劣ことは拒否すればいい。そして、その後で警察を呼んで、この男を逮捕させればいいんだ。少し面倒なことがあるかもしれないけど、そんなことはすぐに終わる。また明日からは今日までと変わらない普通の毎日が始まる。そう、何事もなかったような普通の毎日だ。

仕事に行って、同僚の女の子達と冗談を言い合い、お客に笑顔を振り撒《ま》く。休日はツタヤで借りたＤＶＤを見たり、インターネットをしたり、音楽を聴いたり。たまには街に出てショッピングをしたり……。

あたしは、あたしは、あたしは……。

あたしの毎日って何なんだろう？

「スイッチを……入れてください」

自分の口から出た言葉なのに、あたしはまるで自分の声ではないように感じながら、それを聞いていた。

次の瞬間、後頭部をハンマーで殴られたような衝撃に襲われる。全身が激しく痙攣する。モーターの音が部屋中に鳴り響く中、バイブレーターの動きにあたしのすべてがシンクロしてしまう。

口から出た涎と目から溢れた涙が、乳房に滴《したた》り、広がっていく。視界が真っ白になり、時間が止まった気がした。

肉体を襲う苦痛と精神を襲う快楽が、同時に破裂した。遠くなる意識の向こうで、甘い香りが漂う。最初は、あたしの手に染み付いたアロマオイルの香りかと思った。でも、すぐにもっと別のものだと感じる。

遠い昔、母親の乳を吸っていた頃に感じた安らぎ。それを連想させる香りだと思った。

ずっと探し続けていたものを、やっと見つけ出したような気がした。

あたしは思う存分、大きな声で叫んだ。

「いくううう！」

そのまま意識を失った。

しばらくして目が覚めると、彼はいなかった。彼の名を呼んでみるが、もちろん応えはない。縄も解かれていた。

ベッドの上で全裸の自分の体を確かめる。胸や腕や太腿にしっかりと縄の跡が残っていた。アンダーヘアから下腹部にかけて、乾き始めた精液が付着している。慌てて自分の性器の中に指を入れて確かめてみる。

性交の痕《あと》は残っていない。彼はあたしの体を見ながら、マスターベーションでもしたのだろうか？

その想像は、ひどく甘美で倒錯的だった。

意識のないあたしの体を見ながら、男がマスターベーションを行う。

想像するだけで、体が熱くなった。

枕元に手紙があった。開いてみる。そこにはたった一行だけ、男性の力強い筆跡でこう記されていた。

『あなた自身も知らなかった、もう一人のあなたを見つけてあげる』

あたしは全裸のままベッドの上で、いつまでもその手紙を見つめていた。

†

「薫、凄い！」

私がパソコンを使って官能小説を書いている間、更紗は隣でずっとそれを見ていた。食い入るように液晶モニターを覗き込み、次々に打たれる文字を目で追っていた。

「どう、かな？」

「あたし、凄いドキドキしてるよ」

私の肩に置かれた更紗の手が熱かった。タンクトップから剝き出しになった私の肌が、更紗の汗ばんだ手のひらの感触を感じている。

彼女も興奮しているのだ。私は更紗の顔をそっと盗み見た。その頰も心なしか上気しているようだった。

官能小説のヒロインは彼女自身なのだから、当然かもしれない。更紗の瞳がしっとりと濡れている。吐く息が熱い。

小説の中の世界では、更紗はお店の常連客の男性に縄で緊縛され、バイブレーターで淫らな辱めを受けた。

彼女は今、創作と現実が微妙に交錯し始めて、その感覚に戸惑っているに違いない。

更紗を陵辱した男のモデルは、実は私の男友達である山崎さんだった。

更紗から、リラクゼーション・エステのお店のお客さんから食事に誘われることも多いという話を聞いたとき、頭に浮かんだのが山崎さんだったからだ。

少し年齢の離れたビジネスマンで、美しい更紗とグラスを交わす姿が似合っていて、性的な匂いを強く感じさせるような男性と言えば、私には彼しか思い浮かばなかった。

現実の世界で私が性的な関係を持った男性は、彼一人だけだったから、他には連想しようもない。山崎さんは私のロスト・ヴァージンの相手であり、その後の五年間でセックスをした唯一の男性でもあった。

もちろん、私達は恋人ではなかったが、友人としても楽しい時間を共有してきた。一般的にはセックスフレンドというのだろうか。それでも私は彼に恋愛感情ではないものの、強い好意を持ち続けていた。だから、更紗の相手役を、山崎さんにすることにしたのだ。

それは私にとってもすごく官能的な気分を味わわせてくれることだった。

私は更紗のことを愛している。私達は女の子同士の親友であって、もちろん彼女は私のそんな思いなど、知る由もない。

私は性的にも感情的にもバイセクシャルであり、男性にも女性にも、魅力を感じた。恋愛では相手の性格や容姿は気になるが、性別は問わなかった。

そして、この五年間はずっと更紗のことを愛している。

もちろん、そのことを更紗に打ち明けたことはない。そんなことができるはずもなかった。

私は自分の中で消化し切れない様々な思いを持て余し、ネットの出会い系サイトで知り合った山崎さんに処女をあげてしまった。その後、山崎さんは恋愛対象にこそなりはしなかったが、それでもとても素敵な人だったので、そのこと自体は後悔していない。だからこそ、今でも関係を続けているのだ。

私が唯一、肉体関係を持った男性である山崎さんと、私の愛する美しい女の子である更紗を、私自身が書く小説の中で性的な関係にさせる。

私が更紗にしたくてもできなかったこと、こっそりベッドの中の妄想でしてきたこと、そんな淫らなことを、私は思う存分、小説の中で、私の愛人である山崎さんにさせてしまうのだ。私にとって、これほど官能的なことはなかった。

山崎さんは私の初体験の相手であり、五年間も愛人関係にあった男性だった。彼がどんなセックスをするのか、私はよく知っている。

筋肉質な裸の肉体。欲望に満ちたときの勃起したペニス。興奮が抑えられなくなって喘《あえ》ぎ声を漏らす唇。そして、射精する瞬間に苦しげに歪んだ顔。私はそのすべてに舌を這わせ、唾液《だえき》を垂らしてきたのだ。

もちろん、彼の性癖だって熟知している。

女の子を縄で縛ることに興奮を覚えることや、露出度の高い服を着せて羞恥心を煽《あお》ったり、バイブレーターなどの器具を使って女の子を辱めることを非常に好むことも。

今まで私は自分の体で味わわされてきたそれらの倒錯的な性行為を、私の小説の中では、思う存分に更紗にすることができるのだ。それも彼女自身の了解の下に。

更紗が私の目を見つめている。その瞳は扇情的に濡れていた。微かだが息も上がっている。

私が更紗と山崎さんをモデルに、官能小説を書く。その最初の読者は、更紗になるのだ。そして、その小説はスポニチという媒体を通して、全国の読者の目に触れる。

小説の世界の中では、私は山崎さんであったり、更紗であったりする。

山崎さんとして更紗に淫らなことをすることも自由だし、更紗として山崎さんからの倒錯的な性行為を受けることもできるのだ。

「薫、この小説、すごくいいよ。読んでいて、ドキドキしちゃった」

「更紗がお店のお客さんの話をしてくれたから、それで想像して書いてみたんだ」

「凄いね。たったあれだけの話で、もうこんなストーリーを作れちゃうんだ」

「まあ、これでもプロの作家だからね」

私は少し照れながら、頭を掻く仕草をした。

「それで、この後はどんな展開になるの？」

「まだちゃんと考えてないんだ。もう少し、更紗のお仕事のこと、インタビューさせてくれない？」

「うん。いいよ」

更紗が瞳をキラキラと輝かせて頷く。私の胸もときめいた。小説を口実に、普段聞けないようなことも、どうどうと質問できる。例えば彼女の性生活だとか。

「さっき、食事に誘ってくる男性は多いって言ってたでしょう。実際にお店の外で会ったことはあるの？」

「うん、まあね」

「どんな人だった？」

「ちょうど最近、よく会っている人がいるんだ。薫が小説に書いていた男性と偶然にも同じ感じで、三十代後半のエリートビジネスマン。何回か食事しただけだけど、薫が書いた小説の男性のイメージがあまりにぴったりだったんで、すごく驚いちゃった。薫には話してないはずだったのにってね」

「そ、そうなんだ。私はあくまで想像で書いただけだよ。更紗が以前から、年上男性が好みのタイプだって言ってたのを思い出して、勝手に妄想してみたんだ」

これは嘘だった。私は自分の愛人である山崎さんをイメージしながら、小説を書いていた。もちろんそんなことは、彼女には口が裂けても言えないけれども。

「年上の男性に、いっぱい淫らなことをされちゃうんだよ」

私は更紗の目を見つめながら、囁くように言った。もちろんそれは私が書く官能小説の中での話だった。それなのに更紗は、まるで本当に自分がそうされるかのように、神妙な顔つきで頷いた。

「淫らなことって、例えばどんなこと？」

「えーと……」

女流官能小説家と言っても、私自身がそれほど性体験が豊富なわけではない。いわゆる大人の遊びなど、ほとんど経験したことがなかった。

「薫の小説のネタになるようなこと、あたしはあんまり経験ないよ。大恋愛もしたことなければ、自由奔放で倒錯的なセックスとかも縁がないし」

そう言って、更紗が笑った。

「ほんとは私もそうなんだ。官能小説家なんて言っても、実は普通の女子大生だったりするから」

「どうしようか？」

二人で顔を見合わせる。

更紗が困ったような表情をした。その顔がまたすごくかわいい。私は思わず彼女を抱き締めて、その細い首筋に嚙み付いてしまいそうになる。

「そ、そうだね。えーと……そうだ！　更紗、さっき言ってた年上のお客さんと、これからもデートとかするんでしょ？」

「そのつもりだけど」

「その人とどんなことがあったか、全部教えてよ」

「デートの内容を？」

「デートだけじゃなくて、どんな風に誘惑されたかとか、そういう話もね」

更紗の瞳が輝き出す。

「それ、おもしろいかも。薫の小説にせっかく出してもらえるんだから、いっぱい協力しないとね。話がおもしろくなるように、あたしの方からも彼を誘惑しちゃおうかな」

更紗がペロリと舌を出して笑った。ピンク色の舌の残像が残る。

「そんなことしたら、直人君に怒られちゃうよ」

「大丈夫よ、ちゃんとばれないようにするから」

悪戯っぽく笑う。そんなときの彼女は、天使のようにも悪魔のようにも見える。きっとその両方が彼女の中に住んでいるのだろう。だからこそ、私は更紗に惹《ひ》かれるのだ。

彼女の笑顔を見つめながら、そんなことを思う。

直人君というのは、更紗の彼氏のことだ。つまり、私にとっては恋敵ということになる。

表参道の美容室で、ヘアデザイナーをしていて、甘い笑顔が素敵な好青年だった。更紗とは、まさに美男美女のカップルだ。たしか、年齢は私達の一つ上のはずだった。

私は直人君とは、何度も会ったことがあった。更紗のデートに一緒にくっついて行って、食事をしたり、映画を観たりしたことがあった。そんなときも直人君は、嫌な顔ひとつせず、恋人の親友である私に優しく接してくれた。

本当に良い人なんだと思う。だからこそ、私は彼が好きになれなかった。

私の更紗が愛している、優しくて素敵な男性。頭では理不尽だとわかっていても、私は直人君に対して、不快な感情を持つことをやめられなかった。

「それじゃあ小説の中で、更紗にすごく淫らなことをいっぱいさせちゃうからね」

「うん、ドキドキする」

更紗が長い髪を指先でいじる。私はその指先を見つめながら、バドワイザーを飲み干した。

「そのお客さんのこと、更紗は何て呼んでいるの？」

「先生」

「うそぉ！」

「ほんと」

　更紗がちょっと恥ずかしそうに笑う。

「何で？　その人、サラリーマンだって言ってたじゃない」

「周りから見て、あたし達ってどんな風に見えるんだろうねって、飲んだ席でそんな話になったのね。上司と部下のOL？　年齢の離れたカップル？　義理の兄妹？　高校教師と元教え子？　冗談でそんな会話をしていて、最後の教師と元教え子がおもしろいから、いつ誰に聞かれてもいいように、『先生』って呼ぶことにしようって、二人で決めたの」

　私はそれを聞いて吹き出した。お腹《なか》を抱えて笑い転げる。

「まさか、セーラー服のコスプレしてマッサージとかしてあげてるんじゃないでしょうね」

　あまりにも可笑《おか》しかったので、そんなジョークを言ってみる。

「な、なんでわかったの？」

「うそぉ！」

「ちょっとした遊びよ。あたしもコスプレとか興味あったし」

「ちょっと、更紗を見る目が変わったかも」

　私は笑いが止まらないままに、再びパソコンに向かった。更紗も私の肩越しに、液晶モニターを覗き込む。

†

直人の唇が、あたしの首筋を這っていく。ナメクジのような舌が、ねっとりとした唾液とともに、肌の上を滑る。

「ああああっ」

くすぐったさと気持ち良さが交じり合った堪らない感触。あたしは強くシーツを掴みながら、体を震わせた。

鳥肌が全身に広がる。声が漏れる。息が苦しい。

水槽から飛び出した金魚みたいに、あたしは全身を暴れさせながら、足りない酸素を求めて、パクパクと口を開く。

「更紗、愛してるよ」

耳朶に軽く歯を当てながら、直人が囁く。それだけであたしの性器は、ぐちゃぐちゃに蕩《とろ》けてしまう。直人はいつだってセックスの最中に、「愛している」と囁いてくれた。

愛してる。愛してる。愛してる。

魔法の呪文のようなその言葉で、あたしの体にスイッチが入るのだ。

「直人、あたしも愛してる。もっともっと、いっぱい愛して」

欲張りなあたしは、彼の愛を感じれば感じるほど、もっと深く愛して欲しくなってしまう。

直人の唇が、あたしの乳首を捉《とら》えた。ほんのさっきまであんなに柔らかだったあたしの体の先端が、直人の舌の上で、今は石のように硬く尖《とが》っている。

乳首に歯が当たる。優しく噛まれる。

本当はもっと乱暴にして欲しかった。乳首が千切れてしまうくらい、酷いことをして欲しいと思う。だけど、直人はいつだって、とっても優しかった。

直人の手があたしの下半身に伸びていく。それが待ちきれなくて、あたしは自分から脚を大きく開いていった。

直人の指先が包皮を押し上げ、クリトリスを剝き出しにした。空気に触れた小さな真珠を、彼の指先が優しく撫でる。

「あううっ」

あたしは涙を流しながら、必死で彼の肩に噛み付く。気持ち良過ぎて苦しい。

直人はヘアデザイナーだ。いつもその指先は、女性の髪を優しく梳《す》きながら、美しくカットしている。その光景があたしの脳裏に浮かぶ。女の子のようにきれいな直人の指先。それが濡れた髪に絡みながら、銀色に輝く鋏と一体になって素早く動いていく。

あたしも直人に髪を切ってもらっていた。彼の優しさそのもののように、そのカットは繊細で柔らかだった。

ふんわりと鋏や櫛《くし》が髪に入る瞬間みたいに、直人の指がクリトリスを愛撫《あいぶ》していく。優しくて、素早い指先の動き。

「あああっ、気持ちいい」

突き抜ける快楽に、体が震えた。やがて直人の指先が、あたしのアンダーヘアに絡みついてくる。あたしはそれだけでいきそうになった。彼の指先が、あたしの縮れたアンダーヘアを優しく梳いていく。ゾクゾクした。

もうだめ。感じ過ぎて我慢できない。あたしのことを直人にめちゃくちゃにして欲しい。あたしが壊れておかしくなってしまうくらい、いっぱい酷いことをして欲しい。自分でさえ見たことがないような恥ずかしい部分を、彼の好き勝手にして欲しい。あたしが泣いて許しを乞うほど、恥ずかしくて酷いことを、いっぱいいっぱいして欲しい。

「更紗、愛してるよ」

「もう、我慢できないよ」

直人の目を見つめながら訴える。

彼がいったんベッドから降りた。カサカサと小さな音がする。あたしに背を向け、コンドームを着けているのだとわかる。

あたしの意に反して、彼はどこまでも紳士的で優しかった。

コンドームを着けてくれる彼の優しさに深い愛情を感じながらも、どこかでは物足りなさを感じているあたしの矛盾した心。

彼が体を重ねてくる。あたしに体重が掛からないように、自分の腕で体を支えながら、勃起《ぼっき》したペニスに手を添えて宛《あて》がってくる。

少しずつペニスがあたしの中に入ってきた。あたしの性器を傷つけないように、馴《な》染《じ》ませながらほんの数ミリずつ。長い時間を掛けての挿入。

優しい直人。いつだってあたしのことを気遣ってくれる。彼の愛がいっぱいに降り注いでくる。

でも……彼の優しさに涙が出るほど感動しながらも、あたしはどこかで冷め始めていた。

彼の指先がもたらす優しい快楽に溺れながら、一方では冷静に彼との性行為を見つめている自分がいた。あたしは直人のことを愛している。だから、そんな自分がちょっと嫌だった。なのに、最近のあたしはいつもそんな感じだった。

奥までインサートした直人が、ゆっくりと腰を振り始める。本当はあたしのことなど気遣わず、強引に一気に責めて欲しかった。あたしを気遣ったりなどしないで、ひたすらに自分の欲望だけ求めて欲しかった。そう、あたしの体なんかただの肉の塊《かたまり》か、まるでダッチワイフかなんかみたいに、性欲の捌《は》け口として見て欲しいのだ。

あたしは醒《さ》めた気持ちを振り切って、快楽に身を沈めていった。

「あああっ、凄いわ。あたし、もういきそう」

「更紗、俺もいきそうだ」

あたしは直人の目を見つめる。興奮に充血した瞳が、あたしを見つめ返してきた。

コンドームを着け、あたしの部屋のあたしのベッドでするセックス。体位は決まって正常位。それでもあたしは興奮して、快楽の絶頂を迎えようとする。なぜなら、直人のことを愛しているから。

あたしは両足を彼の体に絡みつかせ、体のさらに奥深くへとペニスを迎え入れようとする。ペニスの先端が子宮に当たる。突き上げる快楽が、巨大な波となって押し寄せる。

いきそうだった。あと少し。もうちょっと。

「あああっ、だめ。あんっ、くるわ」

「うおおおっ、だめだ。いくぞっ！」

彼が大きく仰け反り、全身を痙攣させ始める。目をきつく閉じ、固く歯を食いしばっている顔が、下から見えた。

すぐに彼があたしの中で射精を始める。もちろんコンドームをしているので、妊娠の心配はない。

ほんのちょっとの差で、あたしは波に乗り遅れてしまった。醒めていく意識。小さな失望。今日もあたしだけがいけなかった。

それでもあたしに不満はなかった。不満なんてあるはずがないのだ。だって、あたしは直人のことを愛しているのだから。

彼があたしのことを抱き締めてくれた。

友達の女の子に聞くと、射精の後で急に冷たい態度を取る男は、けっこう多いらしい。でも、直人は違った。いつもあたしを抱き締めて、甘いキスをいっぱいしてくれる。

優しい直人。素敵な直人。彼はいつだって、あたしのことをいっぱい愛してくれた。

セックスが終わってシャワーを浴びると、仕事で明日の朝が早い直人はすぐに帰っていった。あたしは自分の部屋で一人になる。

あたしもシャワーを浴びることにした。室内着にしていたワンピースを脱ぐと、ブラジャーとショーツだけになった。

セットの黒いレースのランジェリー。あたしは鏡に映った自分の体を見る。さっきまでこの体が、直人とセックスをしていたのだ。あたしだけがいけなかったけれど。

裸になると、バスルームでシャワーを浴びた。温《ぬる》めのお湯を勢いよく体に当てる。乳首が少し硬くなっている気がした。シャワーのお湯を性器に当て、セックスの余韻を洗い流そうとする。

そのときだった。突然にあたしの脳裏に、あのときの記憶が広がっていった。

酔った勢いでお店のお客さんをこの部屋に連れてきてしまい、あろうことか全裸の体を縄で縛らせてしまったあの夜の記憶。緊縛された状態で、巨大なバイブレーターを性器に押し当てられたとき、あたしは自分からスイッチを入れて欲しいと口にしてしまった。

シャワーの水流がクリトリスに当たる。鳥肌が広がった。気がつくと、あたしは人差し指と中指でクリトリスを剝き出しにして、そこにシャワーを当てていた。

「あああっ！」

強いシャワーの水流が、敏感になっているクリトリスに叩きつけられた。声をあげて泣き出したくなるような快感が、あたしの体を突き抜ける。

我慢できなくなって、バスルームの床に膝《ひざ》をついてしまった。体が痙攣を始める。息ができないほどの強烈な刺激に、あたしはきつく目を閉じた。

「ああっ、凄い！」

バスルームにあたしの声が響く。

「いいっ！」

誰が聞いているわけでもないのに、勝手に声が出てしまう。ゾクゾクするような快楽に、足の指先が反り返る。

閉じた瞼《まぶた》の裏側に、あのときの光景が広がっていった。誰にも言えないあの夜の出来事。あたしが勤めているアロママッサージのお店の常連さんにされた酷い行為。泥酔したあたしは縄で縛られ、バイブレーターで犯されたのだ。

バイブレーターを使われたのは、生まれて初めてだった。恋人の直人とのセックスだって、そんなものを使ったことはない。誠実で真面目で、あたしのことを本気で愛してくれている直人が、そんな淫らな道具を使うなんてことは有り得ないことだった。

それなのにあのとき、あたしは自分からスイッチを入れてくれるようにお願いしてしまった。たとえ使ったことがなくたって、それがどういうものであり、自分の肉体にどんな変化をもたらすものかぐらい知っていた。知っていて、それを拒絶できなかった。

どうかしていたんだと思う。ひどくお酒に酔っていたせいで、自分を見失っていたのかもしれない。本当のあたしは、そんなことをするような女じゃない。だって、直人のことをすごく愛しているのだから。

我慢できなくなって、シャワーの水流をさらに強くしてしまう。クリトリスに痛いくらいの刺激が襲い掛かる。

「ああっ、いや！」

膝がガクガクと震えた。鳥肌が全身に広がる。

あまりの苦しさに、思わず乳首を強く摘んでしまった。その痛みで、暴れる体を押さえ付けようとしてみたのだ。しかし、暴走を始めた肉体は、その痛みでさえ快楽に変え、さらに加速をしてしまう。

「あううっ、いきそう」

頭を振って掻き消そうとしても、あのときの記憶が鮮烈に蘇ってくる。あの夜のすべてが溢れるように思い出された。

男性のいやらしい視線を感じた。縄で縛られて、肉体を開かされた自分の姿が見えた。バイブレーターの強烈な刺激を思い出し、肉体が震えた。

生まれてから一度も経験したことのないような強烈な刺激だった。巨大なバイブレーターが体液でドロドロに溶けた性器に激しく出入りを繰り返した。その度に内臓を抉《えぐ》り出されるような強い快楽が脳天まで突き抜けた。

何度も勝手に体が飛び跳ねた。それなのにきつく緊縛された肉体は、ほんのわずかさえも動かすことができないのだ。

男性の手に握られたバイブレーターが、あたしの性器を抉り続けた。

何度も続けて絶頂に達した。涙を流し、涎をこぼしながら、あたしは叫び、許しを乞う。それなのにバイブレーターによる陵辱は、延々と続いた。

何回いかされたのか、自分でもわからなくなった。そして、最後に意識を失ったのだ。

「ああっ、いくぅぅぅ！」

記憶の中の絶頂に合わせて、私は肉体の戒めを解き放った。バスルームの床に膝立ちになった状態で、あたしは絶頂に達する。ビクンビクンと体が激しく痙攣を繰り返した。

息が苦しい。死ぬほど苦しいのに、体が溶けてしまうくらい気持ち良かった。オナニーするときは、いつも指を使ってクリトリスを刺激していたのに、今日はシャワーの水流だけで簡単にいってしまった。こんなことは初めてだった。

体がまだ火照っている。クリトリスはいつもの何倍も大きく充血していた。直人とのセックスが終わったばかりだというのに、あたしは別の男に酷いことをされた記憶で、オナニーをしてしまった。

あたし、どうしちゃったんだろう？

恋人でもない男性に、縄で縛られてバイブレーターで辱められた体験が、あたしの色々なものをおかしくさせてしまったのかもしれない。

あれ以来、あのお客さんはお店に来ていなかった。もしもまた来て、あたしのことを指名してきたら、いったいどんな風に接すればいいのだろうか。想像しただけで、胸がドキドキした。

それは決して不快な想像ではなかった。そのことにちょっと罪悪感を覚える。

ああ、こんなにもあたしは直人のことを愛しているのに。

そのときだった。携帯電話が鳴った。あたしは片手でバスタオルを摑むと、バスルームを飛び出した。リビングルームのテーブルの上にある携帯電話を手に取る。着信名を見て、凍りついた。あの男だった。

†

「す、凄い。ねえ、薫。この後、あたしどうなっちゃうの？」

「うーん、どうしようかなぁ。更紗はいつも私に意地悪なことばかりするから、小説の中ではいっぱい酷いことをしてあげるよ」

私は笑った。更紗が不安そうな顔で、私を見つめる。

「小説だってわかっているのに、自分の名前が出てくると、なんかドキドキするね」

私は更紗の長い髪に指先でそっと触れた。更紗はいまどきでは珍しく、漆黒の美しい髪を持っている。柔らかい髪だった。

「でも、あたしは直人のこと、最後では裏切るようなことしないよ」

「これはあくまでも小説なんだから、すべてフィクションなんだよ。それに小説の中で更紗には、浮気のセックスじゃなくて、ＳＭプレイをしてもらうつもり」

「ＳＭプレイ？」

「そうよ。経験ある？」

「な、ないわよ。あるわけないでしょ」

更紗がちょっと怒ったように、頬を膨らませて言った。そんな姿も抱き締めたくなるくらいかわいかった。

「縄で縛られて、バイブレーターで陵辱されたりするの。でも、セックスはちょっとだけ。ＳＭプレイにおいては、セックスするかどうかって、あんまり意味がないことなの。それよりもむしろ、倒錯した性癖を満足させることの方が重要。だから、直人君以外の男性が相手でも、まあいいでしょ」

「うーん、ちょっと微妙。いいのかなぁ？　でも確かに興味はあるかも」

更紗が興味津々という感じで、瞳をキラキラさせながら、笑顔でそう言った。

「でもね、あたしのオナニーを薫が小説として書いてるのって、なんだか不思議な感じがする」

更紗がはにかんだ笑顔を見せる。猫のような切れ長の大きな目が印象的だ。深い藍《あい》色から灰色にグラデーションした瞳が、濡れて輝いている。

「私は官能小説家だからね。色んな想像をするのよ」

「でもあたしはシャワーなんか使ってしないわ」

「じゃあ、どうやってするの？」

「それはやっぱりベッドの中で指を使って……って、いったい何を言わせるの。もう、恥ずかしくなっちゃったじゃない」

更紗が顔を真っ赤にしている。笑いながら、手をうちわにして、火照った顔を扇《あお》いでいた。更紗もオナニーをするのだ。ちょっと意外だった。いくら親友とは言っても、女の子同士でその手の話題が会話に上がることはない。彼氏とセックスしたことは平気で話せても、一人でオナニーしたことは恥ずかしくて絶対に言えない。女の子とはそういうものだ。だからこそ、興味はある。

「ねえ、更紗。これからはそのお店のお客さん、えーと先生だっけ？　その人とのデートについては、どんなことがあったのか、全部私に教えてくれる？」

「うん、いいわよ。ちょっと恥ずかしいけど、ちゃんと薫に報告する。それが薫の小説のネタになるんでしょ？」

「うん。そのままスポニチの連載にしちゃう。毎朝、駅の売店で、更紗のことが書かれた新聞がたくさん売られるの」

「きゃぁー、なんか凄いね。ドキドキするよ。さっきのあたしがシャワーでオナニーするところとかも載っちゃうの？」

少女のようにキラキラした目が私を見つめる。

「もちろんよ」

「わかった。薫にたくさん協力できるように、先生とのデートは全部報告する。それどころか、頑張って先生を誘惑しちゃうかも」

更紗がペロリと舌を出して笑った。

「べ、別に無理してエッチなことまでしなくもいいのよ」

悪戯っぽく微笑む更紗を見ていると、私は気が気ではなくなった。

「だけどこの小説は直人には読ませられないなぁ。まあ、直人はスポーツ新聞なんて読まない人だから、いいか」

「直人君に見つかっちゃったときの言い訳を、ちゃんと考えておいてね」

「大丈夫よ。直人は仕事に夢中で、今はそれ以外のことは何にも目に入ってない状態だから。薫は気にせずに、好きなように書いていいよ」

「それじゃあ遠慮なく、好きに書かせてもらう。更紗にいっぱいいやらしいことさせちゃうから」

「やん、怖い。でも、楽しみ。小説のタイトルはどうするの？」

私は更紗の目を見ながら、思案する。

「そうね。『嘘つきな子猫』なんてどうかな？」

「いいわね。なんかかわいい。それじゃあ、あたし達の官能小説『嘘つきな子猫』の成功にかんぱーい」

「かんぱーい」

私と更紗は手に持っていたバドワイザーの缶を高く掲げて、乾杯をする。テーブルの上には、すでに空いた缶が十本近く転がっていた。

3　人魚姫の愛し方

新宿二丁目の「人魚姫」は、ニューハーフ、男性、女性が入り混じったダンサー達によるコミカルでセクシーなダンスパフォーマンスが売り物のショーパブだ。ショータイム以外の時間には、ダンサー達がテーブルについてくれて、楽しくお酒や話の相手をしてくれる。

私が山崎さんとこの店に来たのは、今夜で五回目だった。すでにニューハーフさん達とも馴染みになり、お店の妖しい雰囲気とアルコールの酔いも手伝って、下ネタ話にかなり盛り上がっていた。

「薫ちゃんのおっぱいってほんと大きいわね。何カップあるの？」

ニューハーフの蘭さんが、山崎さんの水割りを作りながら、私の胸の谷間に視線を落とす。

今夜の私は夜の遊びを意識して、胸元の大きく開いた黒のロングドレスを着ていた。艶《あで》やかに輝くサテンの生地で、腰骨が覗けるくらい大胆にスリットが入っている。

「えっ、Gカップですけど……」

「いやん、凄い。どのくらいシリコン入れたらそんなになるのかしら？」

「い、いや、私のは本物なんですけど……」

「いつ頃からそんなに大きくなったの？」

「うーん、どうだろう？　中学生のときには、すでに大きかったような気がします。高校に入った頃から、さらに急成長しちゃって」

「あらぁ、あたしも高校に入った頃からホルモン注射を始めて、おっぱいが膨れ始めたのよぉ。おんなじねー」

それを横で見ていた夕霧さんが、私の小皿にオードブルを取り分けながら、すかさず突っ込みを入れる。

「こら、蘭！　あんたのまがいものおっぱいと薫ちゃんの巨乳を一緒にしないの。今ではしっかりシリコンが入っているくせに」

夕霧さんはニューハーフではない。正真正銘の女性のダンサーだ。なんでも、高校時代は新体操の選手だったそうで、全国大会優勝の経験まで持っている。怪我がもとで引退を余儀なくされたが、そうでなかったらオリンピックに出場するような選手になっていたかもしれないと聞いたことがある。今でも小柄でスレンダーな体を使って、ステージ上でキュートなパフォーマンスを見せてくれた。

「ねえ、薫ちゃん。蘭にそのおっぱい、触らせて」

「い、いいですけど」

隣で山崎さんがニヤニヤと笑っている。私は彼の視線を意識して、ちょっと大胆に振舞う。ドレスの上から両手で胸を持ち上げると、さらに谷間が深くなるように寄せ上げてみた。

「きゃー、うれしい。それじゃ失礼しまーす」

ニューハーフの蘭さんがペロリと右手の人差し指を舐めると、その手を私のドレスの胸元に突っ込んだ。カップ付きのドレスなので、もちろん私はブラジャーなどしていない。

「きゃあー、うそぉ！」

まさか直《じか》に触られるとは思っていなかった。おっぱいを鷲掴みにされた上に、人差し指と親指で乳首を摘まれる。

「こら、蘭！」

夕霧さんが蘭さんの頭を吉本の漫才師みたいにどつくが、私のおっぱいは離してもらえない。

「ああん、だめぇ」

うろたえる私を他のお客さんも見ている。みんなが爆笑していた。

「蘭ちゃんは、工事終了なの？」

山崎さんがウイスキーの水割りを口にしながら、蘭さんの肩を抱いて、彼女の耳元で囁く。

それがくすぐったかったのか、蘭さんは私のおっぱいから手を離さないまま、体を震わせて笑い出す。

「あたしはアリ・ナシよ。まだ工事中なの」

生で胸を揉まれていることに、だんだん感覚が麻痺してくる。蘭さんはモデルのようなスレンダーな長身の美女で、女の私が間近で見ても女性にしか見えない。

むしろ私なんかよりよっぽど女性らしいというか、息が詰まるくらい美しい容姿をしていた。だから元は男性だとわかっていても、不思議とそれが気にならない。

冷静に考えれば男の人におっぱいを直に揉まれているのだが、なんだか女子高で着替えのときにふざけて胸を揉み合っているような感覚にさせられた。

「薫ちゃんのおっぱいって、とっても柔らかいわー」

胸をやんわりと揉まれながらも、私は蘭さんに尋ねた。

「その、アリ・ナシってなんですか？」

「竿《さお》アリ、玉ナシのことよ。玉は十六歳のときに取っちゃったの。残念ながらペニスはまだ付いてるけど。でも、女性ホルモンを打ってるから、だんだん小さくなってきてるけどね」

「玉って、あの玉ですか？」

私が目を丸くしていると、横から山崎さんが口を挟んだ。

「蘭みたいに、体が完全に大人の男になる前に去勢すると、こんな風に女性らしい柔らかな体が作れるんだ。薫が負けそうなくらい女らしい体をしてるよな」

「う、うん」

本当にそうだと思った。首筋や背中や脚のラインを見ていると、女の私でもうっとりとしてしまう。

蘭さんにしても、夕霧さんにしても、この人魚姫という店は美女ばかりが揃っている。

「だから店の名前が人魚姫なんだよ」

相変わらず胸を悪戯されている私を楽しそうに見ながら、山崎さんが呟《つぶや》いた。

「それって、どういう意味ですか？」

「人魚って、上半身は絶世の美女でありながら、下半身は魚なんだよ。人間じゃないんだ」

それを聞いていた蘭さんが、笑顔のまま山崎さんをちょっと睨む。

「あら、あたしはちゃんとした人間よ、失礼ね」

「蘭は神が創った人間なんかより、よっぽど美しい生き物だよ」

派手なビートの音楽が流れた。ステージにスモークが湧《わ》き上がり、レーザー光線が宙を舞う。ショータイムが始まるのだ。

私のおっぱいを揉んでふざけていた蘭さんの腕を摑んで、夕霧さんがステージに上がっていく。音楽に合わせて、二人が服を脱ぎ捨てた。

お揃いのセクシーなランジェリー姿になる。白いレースのブラジャーとTバックのショーツ、それに白い網タイツをガーターベルトで吊っていた。

さっきまでの話が気になって、私はついつい蘭さんの股間を目で追ってしまう。ずっと揉まれていた胸が熱かった。

ランジェリー姿の夕霧さんと蘭さんが、アップビートな音楽に合わせてダンスをしている。

さっきまでのふざけた様子とは打って変わって、二人の顔は真剣そのものだ。

息もぴったりと合っている。セクシーでカッコいいダンスだった。

「薫、どこを見てるんだ？　蘭の股間が気になってるんだろう？」

山崎さんが体を寄せてきて、そう囁いた。スーツから柑橘《かんきつ》系の香水の香りがやんわりと漂う。

「えっ？　それは……」

「薫は正直だなぁ」

山崎さんは笑っていた。私は恥ずかしくて体を小さくする。

それにしても、いったいどうなっているのだろうか？　蘭さんのショーツの股間には、いくら目を凝らしても、ペニスの膨らみは見つけられなかった。

やがて音楽がスローなものに変わる。照明が落ちて、スポットライトが二人の姿を妖しく浮かび上がらせた。

夕霧さんが蘭さんのブラジャーを脱がせ、その乳首に唇を這わせた。蘭さんが体を震わせて喘ぐ。ニューハーフと女性のレズビアンショーだった。

「きれい」

無意識に呟いていた。

山崎さんがそっと私の太腿に手を這わせてくる。私は汗ばんだ手で、その手を強く握り返した。

店を出ると、私達はどちらが言い出すでもなく、ラブホテルへと向かった。五分程の道のりを、腕を絡ませて歩く。交差点で信号待ちをする度に、唇を寄せ、舌を絡ませ合った。

ホテルの部屋に入ると、競い合うように服を脱ぐ。全裸の体で抱き合うと、なぜだか安心した。たとえ恋人ではないとしても、五年間の歳月が体に染み込ませたものは大きい。体が彼を求めていた。

山崎さんがカバンから縄を取り出す。私はいつもこの縄で縛られ、淫らに責められるのだ。縄を見ただけで、性器が潤んでいくのがわかる。自分でもいやらしい体になってしまったと思う。

「薫、両手を後ろに廻しなさい」

「許してください」

言葉とは裏腹に、私は両腕を背中に廻す。これから始まることへの期待と不安に、肉体が微かに震え始めた。

山崎さんが私の体に縄を這わせていく。肌にきつく食い込む。その痛みに私は顔をしかめた。

しかし、痛みはやがて快楽に変わっていく。私はその瞬間が好きだった。限界のその先にある、快楽の世界。山崎さんが縄によって教えてくれた世界だった。

手首は決して締め過ぎていない。むしろ少し隙間があるくらいだ。しかし、胸や腕や腰に回った縄は、私の体を搾り出すように絡み付いていた。

縄酔い、というらしい。私は緊縛されたその圧力に、深い快楽を感じていた。

ベッドに転がされた私の性器に、山崎さんがローションを垂らしていく。

「な、何をするの？」

そんなものを使わなくたって、私の性器は溶け出してしまいそうなほど、充分に潤っていた。

「蘭のようなニューハーフがどうやってセックスするのか、薫は知っているかい？」

クリトリスとヴァギナを往復していた山崎さんの指が、やがて別の場所へと移っていく。

「そ、そこは……」

「薫だって、蘭の体のことが気になっていたんだろう？　彼女達のセックスの世界を教えてあげるよ」

「ああっ、そこは嫌っ」

山崎さんの指は太くて長くて、ゴツゴツと関節が節くれだっている。男らしい指だと思う。その指がローションに塗れながら、私の排泄器官を陵辱していく。第二関節の所まではゆっくりと、その後は根元まで一気に挿入された。

「はうううう」

私はベッドの上で両腕を背中で縛られ、顔を枕に埋めたまま、お尻を高く上げさせられている。脚を大きく広げたその姿は、恥ずかしさなど通り越して、もはや屈辱さえ感じさせた。山崎さんの指が直腸を抉っていく。その強烈な刺激に、全身が粟立つ。鳥肌が広がった。どんなに歯を食いしばっても、泣き声が漏れてしまう。

限界を超えた快楽。通常の性の営みでは決して触れることのない場所への愛撫に、私は異常なほど感じてしまう。屈辱であるはずのことが、堪らないほど感じる。背徳的であるということが、刹那的な快楽を生み出していくのだ。

「あああっ、凄いっ」

もう、逃げられないと思う。酷いことをされればされるほど、辛いことをされればされるほど、この男から逃げられないと思う自分がいた。

愛情なんてこれっぽっちも感じていない男に、私は肉体のすべてを自由にさせる。愛情がないからこそ、男の愛撫は甘美で官能的なのだとさえ思う。理性がドロドロに溶け、私の性器から流れ出していく。

「そろそろ入れるぞ」

山崎さんの指で充分に弛緩《しかん》したアヌスに、ローションをたっぷりと塗られたペニスが宛がわれた。私は首だけを捻《ひね》って、男の方を見る。目と目が合った。切なく息を吐きながら、山崎さんに訴える。

「どうしても、そこでするんですね」

「ああ」

「初めてなんです。せめて、優しくしてください」

私の言葉など聞こえなかったかのように、山崎さんは荒々しく押し入ってきた。

「あうううっ」

体中が男のペニスで溢れたような気がした。苦しくて涙が出る。

さらにペニスが奥へと侵入してきた。私は口を大きく開き、嗚咽《おえつ》とともに息を吐き続ける。

ペニスがすべて私の中に納まった。

「ニューハーフは心はもちろん、体だって女なのに、性器だけは男のままなんだ。あんなきれいな乳房を持っていても、下半身には醜いペニスが残ったままだ。だからこうやってお尻の穴で愛する男のペニスを受け入れる。それは神の意思に背くセックスだからな。快楽と同時に背徳的な苦しみも伴う。薫、どんな気分だい？」

「あああっ、酷いです。私はニューハーフじゃありません」

「薫は官能小説家なんだろう。だったらどんなことも経験しておかなくちゃ。経験することにより、世界が広がっていくだろう」

作家は経験で小説を書くわけではない。ルポライターではないのだから、経験などなくたって、創作することはできる。しかし、もうそのことに反論する気にはならなかった。今はただ、全身を貫く快楽に、その身を投じることしか考えつかない。

「前が、寂しそうだな」

山崎さんが耳元で囁いた。

お尻の穴に山崎さんのペニスがしっかりと根元まで入っている。その先端は直腸にまで届いていて、吐き気がするくらい私の内臓を圧迫していた。

山崎さんの手が伸びてくる。その指先がたっぷりとクリトリスを弄《もてあそ》び、私に声を上げさせた。やがて、それは性器の襞を分け入って、ヴァギナにも侵入してくる。

「ああっ、そんな！」

薄い膜一枚を隔てて、私の中で山崎さんの指先とペニスが擦《こす》り合わされる。そのおぞましいまでの快楽に、私は何度か気を失いそうになった。

「薫、これ凄いな。私の方までおかしくなりそうだよ」

「た・す・け・て……」

快楽を通り越して、もはや苦しかった。寒気がして、全身に鳥肌が立つ。息も絶え絶えになりながら、私は体を痙攣させ、山崎さんに助けを求めた。しかし、彼にとって私の肉体的な苦しみなど、興奮を加速させることにしか繋がらない。

「薫、気持ち良いかい？」

「ああっ、いい……」

思考が停止したまま、私は何度も首を縦に振った。全身が性器になったような気がする。

「私も気持ち良くさせてもらうよ」

山崎さんが動き始めた。ローションでぐちゃぐちゃになったペニスが、私の排泄器官で暴れまわる。そして、彼の指がクリトリスとヴァギナを同時に擦り続けた。

快楽を通り越して苦痛になったはずの刺激が、さらにそれを通り越して再び快楽に変わる瞬間。涙が零れる。

「いやぁ、あううううっ」

開いた口から涎が糸を引いて垂れる。それでも快楽の咆哮《ほうこう》をあげ続ける口は、閉じることができない。

ベッドがギシギシと音を立てた。彼の腰が私のお尻に叩きつけられる。

「だめ、だめ、だめ、だめ、だめ……」

うわ言のように言葉が溢れ出す。しかし、もはやその言葉に意味はない。

山崎さんが、私の背中をゆっくりと舐めていった。つつつっと、腰の上の辺りから首の後ろまで、背骨に沿って舐められる。生暖かい舌の感触を強く感じた。

「薫の背中、しょっぱいな」

山崎さんが私の肉体を味わっている。そのことが堪らなく恥ずかしい。性器にさらに蜜が溢れてしまった。

「どんどん濡れてくる。薫はいやらしい女だ」

「いや、恥ずかしい」

「私もそろそろいきたくなってきたよ」

山崎さんの腰使いが激しさを増す。肉と肉が打ちつけられるリズムが、どんどんと早くなった。

「ああっ、いやぁ！」

「薫、いくぞっ！」

「あああああああっ！」

「うおおっ、いくっ！」

射精を感じる。直腸に熱い精液がドクドクと注ぎ込まれていく。すぐに私も絶頂に達した。

「いくううっ！」

体が激しく痙攣を繰り返す。その度に腕や胸に掛けられた縄が肌に強く食い込んだ。その拘束感が絶頂の快楽を何十倍にも増幅する。

お尻が熱かった。焼けた鉄の棒を打ち込まれたような苦しさだった。自分の体が自分のものでないように感じる。

絶望的な快楽に打ちのめされながら、私は意識を失った。

4 小説『嘘つきな子猫』前編

月島にあるスペイン料理の店で、更紗とワインを飲む。

この店は直径一メートル以上もある大きなフライパンで作る本格的なパエリヤが美味《おい》しくて、ワインを飲みによく来ていたが、毎週金曜日に本場のフラメンコのショーを見せてくれることでも、私と彼女のお気に入りの店となっていた。

今もステージ上では、真紅のドレスに身を包んだ女性が、フラメンコギターの伴奏に合わせて情熱的なダンスを繰り広げている。フリルのスカートがふわりと広がる度に、網タイツに包まれた肉感的な太腿がチラチラと覗けた。頭上に振り上げた指先の緊張が艶《なまめ》かしい。フラメンコを観て体が火照ってきたのか、更紗が飲むワインの量もいつもより進んでいる。

「薫、スポニチの連載、毎日読ませてもらってるよ。あたしの名前が新聞の活字に出てくる度に、すごくドキドキしてる」

　更紗はワインのせいでほんのりと頬を赤らめ、その口調も少しだけ呂律《ろれつ》が回らなくなっていた。

「いくら私が書いた創作だってわかっていても、けっこう不思議な感じでしょう？」

「うん、この間なんて、電車で隣に立ってたおじさんが、ちょうどスポニチを開いててさ。なんとその人、薫の小説を読んでたのよ。もう、超びっくり」

　それにはさすがの私も驚く。笑いながら、二人で目を見合わせてしまった。

「そこに出ている更紗って女の子、あなたの隣に立っているあたしですよ。さっきから満員電車が揺れる度に、あなたの肘《ひじ》があたしのおっぱいに何度もぶつかってますよ。って、言ってあげれば良かったのに」

　私はそう言って、更紗をからかった。

「そんなこと、言えるわけないじゃない。もう、恥ずかしくてその人の顔さえ見られなかったくらいなんだから」

「わかる気もするけど」

「いくら小説とは言え、あたしがエッチなことをされているシーンでしょう。ああ、今このおじさんはあたしのことを想像して興奮してるんだろうなぁって思ったら、もう恥ずかしくて恥ずかしくて」

更紗が両手で頬を覆う。可愛らしい更紗。しかし、そのおじさんも惜しいことをしたものだ。興奮しながら読んでいる官能小説のヒロインが、満員電車ですぐ隣にいたというのに。

「ところでさ、更紗のことを店外デートに誘ってくる例のお客さんとはその後はどうなの？」

「ああ、先生のことね」

更紗がイベリコ豚のローストをワインで流し込みながら、私に微笑む。唇についた肉の脂がテラテラと輝いて見える。私は思わずその唇に指を伸ばしそうになって、思い止《とど》まった。

「その先生とは、何か小説のネタになりそうな進展はあったの？」

「聞きたい？」

更紗が悪戯っぽく笑う。

「そりゃあね。今夜はその報告会でしょう」

「いろいろあったわよ」

私は喉が渇いて、ドライなスパークリングワインを注文した。

「何があったの？」

「薫って、大人のおもちゃ屋さんって、行ったことある？」

「大人のおもちゃ屋さん？」

私は言葉に詰まってしまった。更紗の細い指先が、ワインのグラスの縁をゆっくりとなぞる。手首にはゴールドの細いチェーンが輝いていた。

「大人のおもちゃ屋さんよ。つまりはアダルトショップのこと。あたし、生まれて初めて行っちゃった。薫の小説で、あたしがバイブレーターでお客さんに陵辱されちゃうシーンがあったでしょう？　あれを読んで以来、バイブレーターのことがすごく気になっていてさ。この間、先生と飲みに行ったとき、いろいろと質問しちゃったの。そうしたら先生が、今から買いに行こうって言い出して、秋葉原にある有名なアダルトショップにそのまま直行よ」

私はゴクリと唾を飲み込んだ。その店なら私も山崎さんに連れて行ってもらったことがあった。

東京で一番大きなアダルトショップで、地下一階から六階まで、ビル一本がすべてアダルトグッズで埋めつくされている。ローターやバイブレーター、ディルドなどはもちろんのこと、アダルトＤＶＤ、コスプレ用のコスチューム、鞭《むち》や縄や拘束具などのＳＭ用品、さらにはセクシーなランジェリーや水着などまで、フロア毎《ごと》に所狭しと並んでいて、その数と種類に圧倒されたのを覚えていた。

「そ、それでどうだった？」

「どうも何もないわよ。人生で一番びっくりしちゃったわ。バイブレーターなんて使ったことはおろか見たことさえないのに、目の前にどーんと百本以上もいろんな種類のが並んでいるのよ。それがお試し用にディスプレイされていて、スイッチを入れるとブーンって音を立てて動き始めるんだから」

更紗の言葉に、店内の様子を思い出してしまう。

「す、凄そうね」

「凄いなんてもんじゃないわよ。生身の男性のアレだったら絶対にそんな動きは有り得ないって感じの動き方をするわけでしょう？　自分の体に使われたことを想像して、眩暈《めまい》がしちゃった」

更紗は話をするだけで恥ずかしがっていた。私がその店のバイブレーターを、すでに山崎さんから何本も買ってもらっていることなど、口が裂けても言えない。

「それで……どれか買ってもらったの？」

「そりゃあ、まあね。あたしだって別に子供じゃないし……興味がないわけじゃないからね。先生が、お土産にって言うから、一つ選んじゃった」

私は思わず吹き出しながら、更紗のわき腹を指先で突っついた。

「どんなのがあった？」

「形や大きさや色や動き方がみんなそれぞれ違っていて、乳首用やお尻の穴用まであるのよ。リモコンで遠隔操作できるやつを見たときは、もう言葉になんなかった」

「それで、更紗はどんなのを選んだの？」

「言える訳ないでしょ」

更紗が悪戯っぽく舌を出して笑った。それは、彼女の癖だった。

「それで……もう、試してみたの？」

「あーん、それも言わなくちゃいけないの？」

「別にいいわ。今の答え方で、もうわかったから」

二人で顔を見合わせて、また笑った。

「どう、薫の小説のネタになりそう？」

「ええ、面白い話を思いついたわ」

†

あたしの携帯電話が鳴っている。

ダウンロードしたばかりの流行のレゲエミュージックが、一人暮らしのあたしの部屋に鳴り響いた。あたしは出ようかどうか、一瞬躊躇《ちゅうちょ》してしまう。

携帯電話の着信は、あの男からだった。あたしが勤めるアロママッサージ店の常連客。しつこく電話番号を聞かれたので、教え合って一度だけ一緒に飲みに行った相手だ。泥酔したあたしは、そのときにその男を自分のマンションに連れ帰り、縄で縛られ、バイブレーターで陵辱されてしまった。忌まわしい記憶が蘇る。

「どうしよう?」

あたしは呟く。もちろん、誰も答えてはくれない。さっきバスルームでオナニーしたばかりの体が、手の中の携帯電話のバイブレーターに反応してしまう。

あたしは覚悟を決めた。受話ボタンを押す。

「はい、更紗です」

「私だよ。久しぶりだね」

「何の用でしょうか?」

「ずいぶんなご挨拶だな」

「あんなことしておいて。当然でしょう」

「あんなこと? 更紗は迷惑だったのか?」

「あ、当たり前でしょう」

「本当の気持ちはどうなんだ？」

「本当の気持ち？」

「更紗の本当の気持ちだよ。私にお前のすべてを預けてみないか？」

「いきなり何を言ってるんですか。そんなこと……困ります」

「なぜ？」

「なぜって、それは……あたしには彼氏だっているし……」

「理由になってないな。この間のことを彼氏には話したのか？」

「言える訳ないでしょう」

「私のことが嫌いか？」

「好きとか嫌いとかって話じゃないです」

「じゃあ、いいんだな。今からお前のマンションに行くから」

「ちょっと、何を言ってるんですか。そんなの困ります」

「タクシーで行く。三十分で着くから、鍵を開けて待っていなさい」

「無理です！　そんなことできませんから――」

電話は切れていた。

身勝手な男だ。絶対に鍵を開けてなんかやるものか。この間は泥酔していてちょっと失敗しただけだ。二度とこの部屋には入れてあげないから。

あたしはしばらくの間、ずっと携帯電話を見つめていた。

本棚から一冊の本を抜き出す。ページを捲《めく》り、その間から一枚の紙切れを取り出した。あの夜、男が書き残していったメモだった。震える指先でメモを開く。

『あなた自身も知らなかった、もう一人のあなたを見つけてあげる』

男の力強い筆跡でそう書かれていた。

指先でその文字をなぞる。言葉が体に染み込んでいった。

目を閉じて、深呼吸する。一回、二回、そして三回。あたしは立ち上がると、玄関に向かった。チェーンロックを外し、鍵も開ける。それからリビングに戻ると、クローゼットを開け、下着を取り出した。黒いレースのTバックショーツとセットのブラジャー。あたしは服を脱ぐと、それに着替えた。

自分でも何をしているのかわからなかった。答えなんてなかった。でも、踏み出さなければ、何も変わらないことだけはわかっていた。

人生においてもっとも美しい二十代も、あと五年で終わってしまう。たった一度の人生なのだ。とりあえず、一歩だけ踏み出してみようと思った。

以前のあたしのことを知っている人達は、この選択を非難するかもしれない。でもあたしは、きっと後悔なんてしないだろう。

あたしは今、蛇が脱皮をするように、自らの皮を脱ぎ去ろうとしている。

爬虫類《はちゅうるい》にとって脱皮は、死と隣り合わせの危険な行為だそうだ。脱皮の最中に他の動物に襲われることがあるかもしれない。脱皮に失敗して、そのまま命を落とすこともあるかもしれない。

子供の頃、夏休みの学校の裏庭で、脱皮に失敗した蛇の死骸を見つけたことがある。半分だけ皮が捲れた姿で、その蛇はこんがらがるようにして死んでいた。蠅の集まったその死骸は、醜くそして哀れだった。

あたしはアンダーグラウンドな世界で生きる決心をした。よく素性も知らぬ男に、自分の性を自由にさせることに決めたのだ。もしかしたら、あたしもあの蛇のように人々から疎まれて、密かに死んでいくことになるかもしれない。

いや、この東京という大きな街では、脱皮に失敗した哀れな女など、見向きすらもされないかもしれない。

それでもあたしはこの選択をしたのだ。あの男の言葉があたしにそれを決断させた。二十代半ばの自由と美貌と冒険を持てる最後のひとときを、あたしは彼とともに生きる決心をしたのだ。

その夜、彼は電話での予告通りに、あたしの部屋にやってきた。インターフォンも鳴らさずに、いきなり部屋のドアを開け、勝手に上がり込んできた。

「お前の体が見たい。裸になってくれ」

覚悟をしていたあたしもこれにはさすがに驚き、そして呆《あき》れた。それでもあたしは黙って、彼の前で服を脱いでいった。

セクシーな黒いレースの下着姿を彼の目に晒《さら》す。彼が来る前に着替えておいて良かったと思った。彼の視線があたしの体を舐めるように這って行く。

「鍵が掛かっているとは思わなかったの？」

「なぜ？」

「なぜって、普通は恋人でもない男を、そう簡単には部屋に入れないものじゃない？」

「それで、お前にどんなメリットがあるんだ？」

「メリットって……」

絶句するあたしに、彼が下着を指差して言った。

「さっさとそれも脱いでくれ」

「あなたは女の子の気持ちなんて少しも考えてくれないのね」

あたしは恨めしげに彼を睨むと、ブラジャーとショーツを足元に落とす。

「腕を後ろに廻して」

いつの間にか彼の手に縄が握られていた。麻縄だった。

「縛るのは許して。ちゃんと言うことききから、普通にしてください」

「だめだ。俺はセックスには興味がない。ただ、お前を辱めたいだけだ」

「酷い男」

あたしは諦めて、腕を背中に廻した。

「あぁっ」

すぐに縄が肌に食い込んできた。肌が焼けるように熱い。全身を圧迫される息苦しさに襲われる。

「更紗、苦しいか？」

彼の言葉があたしを包み込んでいった。

「苦しいです」

それは本音ではあったが、事実でもなかった。

全裸の体を縄で縛られ、男の指先があたしの性器を責める行為に、あたしの体は酔い始めていた。

無造作に、体をベッドに転がされる。すでにぐちゃぐちゃに濡れていた性器に、男がバイブレーターを押し当てた。

「これはこの間のやつよりさらに凄い動きをするんだ。どうだ、怖いか？」

「怖いです」

「助けて欲しいか？」

「助けて……」

「だめだ。助けてやらない」

バイブレーターがあたしの性器を犯していく。どんなに逃げようとしても、その凶暴な塊はどんどんとあたしの中に入り込んできた。縛られた体が緊張する。つま先が反り返り、乳首が勃起した。

「ああっ、許して」

「いくぞ」

男がスイッチを入れた。あたしは断末魔のような悲鳴を上げる。それから先、あたしは人間ではなく、一匹の獣になった。ただひたすらに快楽だけを求めて、叫び続ける牝の野獣だった。その夜から、あたしは獣として、彼に飼われることになった。

あたしは彼のことを「先生」と呼ぶことにした。一回り以上も年上の彼を、恋人でもないのに名前で呼ぶのも憚《はばか》られたし、苗字で呼ぶのは、アロママッサージ店の延長のような気がして味気なかったからだ。「ご主人様」とか「主様」では、いかにも安っぽい気がした。だから「先生」にした。

あたしはこの呼び方をけっこう気に入っている。彼も多分そうだと思う。

彼は週に数回ほど、あたしのマンションにやってきて、あたしの体を弄んでいく。

しかし、もちろんあたしは彼の恋人ではない。彼に、はたしてそう呼べるような女性がいるのかどうか、それはよくわからない。たぶんいないんじゃないかと思うが、あたしはあまりそのことに興味はない。なぜならあたしは彼の恋人ではなく、「奴隷」だからだ。

時々彼は油性サインペンで、あたしの体に「奴隷」と悪戯書きをした。

「へえ、奴隷なんて漢字、よく書けますね」

自分の白い乳房の上に初めてその文字を書かれたとき、あたしはそんなとんちんかんな感想を漏らした。

「妙なところに感心するんだな」

彼はおもしろそうに笑った。彼にしてみればあたしを辱めるための遊びだったのだろうが、あたしのその感想がよほどおもしろかったのか、その後もよく同じようにその文字を書くようになった。

あたしは彼にとって、恋人でも愛人でもなく、奴隷なのだ。あたしはなんだかこの言葉の響きが気に入っていた。セックスフレンドだとかの冷たい響きに比べて、すごく強い思いが込められているような気がした。

そして、奴隷として先生に性的な調教を受けているとき、まちがいなく「愛されている」ということを深く感じることができた。それは世間一般でいう愛情とは少し違うかもしれない。でも、彼はあたしを愛してくれていると、そう信じられた。

＊

先生が大きな紙袋を抱えてやってきた。

中から出てきたのは、黒いシルクのスリップドレス。ロング丈で腰骨が見えるくらい大きくて深いスリットが入っていた。少しサイズが小さめなのに胸のところは大きく開いていて、あたしの大きめの胸はそのほとんどが露わになりそうだった。

同じ黒のピンヒールのパンプス。そして、黒いエナメルのTバックのストリングス。

そのストリングスの内側の股の部分に、モーターを内蔵した二つの突起がついていた。

一つは小さな柔らかいシリコンの突起。蛇の舌のように先が二股に分かれている。この二股の先端があたしの体で一番敏感な蕾《つぼみ》をしっかりと挟み込む位置に取り付けられていた。

もう一つが直径四センチ、長さ十五センチほどの模造のペニス。その幹の部分に様々な細工が施されていた。

腰の部分にバッテリーの箱がついているが、スイッチは見当たらない。

「二つともモーターで振動するようになっている。スイッチはリモコンになっていて、遠隔操作できるんだ」

無表情のまま、先生が言った。

「さあ、更紗。服を脱いで」

先生の目つきがすでに変わっている。調教をするときの目だった。あたしは聞こえないくらい小さな声で返事をして、ゆっくりと服を脱いでいく。

セックスをしたことがないからだろうか。あたしはいまだに先生の前で裸を見せることが恥ずかしい。最後のショーツを脚から抜き取り、全裸になると、先生に抱きしめられた。厚い胸、筋肉質な腕、割れた腹。逞しい体で、苦しいくらいきつく抱きしめてくれる。

先生の顔が迫ってきた。激しく唇を吸われる。舌が入ってきて、乱暴にあたしの舌を弄んでいく。下半身に伸びてきた手が、クリトリスを探し当てた。

「ああああっ」

先生は今では、あたしよりも詳しく、あたしの体のことを知っている。

「もうこんなになって」

そう言って先生はあたしの体液でびっしょりと濡れた二本の指を、目の前に持ってきた。あたしは少し恨めしそうな顔をして、先生を睨みつける。

「だって、先生がへんな下着を買ってくるから」

先生は慣れた手つきであたしの体を縄で縛っていく。あたしはたちまち身動きさえ出来なくなる。

深く息をすると苦しい。先生の前で、激しく濡れ始めた体を開くことは、死んでしまいたいくらい恥ずかしいことだ。あたしは少しでも脚を閉じようと、一生懸命に体を動かそうとするが、縄は余計にあたしの肉体に食い込むだけで、体は少しも動かせない。

先生の視線があたしの裸の肉体に突き刺さる。体を拘束されればされるほど、あたしの精神は開放されていく。あたしの中で、体の不自由と心の自由は比例してしまっている。

先生の二本の指を体内深く受け入れながら、拘束された体を震わせている今のあたしは、堪らないほど幸せだった。あたしだけが知っている世界の中で、あたしは限りなく開放されている。

二本の指を使って二度ほどあたしにオルガスムスを味わわせた後、先生は先ほどのバイブレーター付きのストリングスをあたしに穿かせた。

ゆっくりと突起物が性器に飲み込まれていく。全身を鳥肌が立つような快楽に襲われながら、あたしは自分の体の中に淫らな異物が消えていく様子を他人事《ひとごと》のように見ていた。根元まで突起物が納まると、クリトリスを二本に分かれた舌で舐め取られたような刺激が襲ってくる。あたしは、ビクンと体を痙攣させた。

「これくらいで感じていたんじゃ、スイッチをいれたら発狂するかもしれないな」

先生の声が遠くで聞こえる。呼吸が苦しい。

「お願い。少しだけ休ませてください」

先生は哀願するあたしを無理やり立たせると、腰の所でストリングスのベルトをきつく締め、下半身にぴったりと固定した。その後、やっと縄を解いてくれる。

身体中に縄の跡がついてしまっている。あたしが達するときに激しく痙攣した為だ。先生に命令されるままに、シルクのドレスを着る。パットもないのにブラジャーをしていないので、尖った乳首がはっきりと透けてしまっている。薄い生地は全身にぴったりと張りつき、まるで全裸のようだった。

「さあ化粧を直しなさい。すぐに出かけるよ」

あたしは髪にブラシを掛け、手早く化粧を直す。鏡に映った自分の姿を見る。なんて淫らで、美しい女なんだろうと思う。

この一ヶ月であたしの顔や体はずいぶんと変わった。先生の淫らな視線に晒され、羞恥と快楽によって別の生物へと脱皮を遂げようとしている。

脚やウエストは異常なほど細くなった。胸はさらに大きく膨れ、頬は瘦《こ》け、目つきは鋭く妖しい光を帯びるようなった。

十センチのピンヒールのパンプスを履くと先生に腕を絡ませ、街へ出る。

スリップドレスから露出した胸や腕には縄の跡がはっきりと見えた。あたしはもう、その痕を隠しなどしない。これがあたしのアクセサリーなのだから。

先生がタクシーを拾い、運転手に行き先を告げる。都内にある高級ホテルだった。

シートに体を沈めてすぐに、先生の手がドレスのスリットを割り、あたしの脚を這い始める。あたしは先生に身を任せた。

運転手がルームミラーでチラチラとあたしの胸元を見ている。はっきりとノーブラとわかる上、乳房のほとんどはドレスからはみ出してしまっている。あたしはドレスのお臍《へそ》のあたりをちょっと摘み、下へ三センチほど引っ張った。それだけで、右側より少しだけ大きい左胸の乳首が、わずかにドレスから飛び出した。

ルームミラーに映った運転手の目が驚きに溢れた。隣で先生の目が笑っていた。

あたしはすでにこんな悪戯ができるくらいに、先生に調教されていた。いや、調教などではない。自分自身さえも知らなかった、もう一人の自分を見つけ出したのだ。

「先生。好きです」

あたしは先生の頭を抱き寄せると、強引にくちづけをした。


ホテルに着くと、先生はベルボーイに導かれるまま、一番大きなパーティールームへと向かった。そこはちょっとしたコンサートができるくらいのホールになっていて、すでに三百人以上の人達がグラスを片手に歓談をしていた。

一目で銀座の高級クラブのホステスと判る女性やモデルとおぼしき美しい女性達がコンパニオンとして、スーツ姿の男性達の周りで飲み物を配って回っている。

「今日はある大物政治家の講演会なのさ。第一部の講演はすでに終わっている。今は第二部の懇親会だ。まあ、講演会なんて名目だけで、実際は次の選挙の為の資金集めだけどな」

「…………」

あたしは場違いの場所に来てしまった思いで、スーツ姿の男性達を見ていた。そのほとんどが一流企業の重役クラスの人らしい。不安で体が震えた。足が竦《すく》む。

「今日ここに来ているのは三百人くらいだけど、実際のパーティー券は二千枚は売れているはずだ。大企業がまとめて買って、その下請けの中小企業にその大部分を押し付ける。仕事を貰《もら》っている下請け企業は断れないから、仕方なくそのパーティー券を買う。そして今度は孫請けの零細企業に、その大量の券を売りつけるんだ。町工場の社長達は仕事が欲しいから泣く泣くその券を買う。でも、明け方から深夜まで、飯を喰う暇もないほど仕事に追われ、油に塗れて必死になって働いている町工場の親父達が、こんな華やかパーティーに来られるはずがない。だからこのパーティーの定員は三百名だ。会場も料理も、初めからそれしか用意されていない。でも、パーティー券は二千枚以上売られている。一枚二万円として、売上は四千万円だ。そのほとんどが純利益となる。その金を資金にして、政治家は選挙に当選し、大企業の為の政治をやる。この日本で、家族だけで頑張っている町工場の親父達が報われる日は永遠にこない」

「どうしてこんなところへ来たの？」

「私もその大企業の一員だ。もっとも私はただの歯車に過ぎないがね。スペアはいくらでもある歯車だからな。一所懸命に回っているうちは磨《す》り減るまで使ってもらえる。でも、歯車の一つでも動きが鈍れば、機械全体に悪影響を及ぼすから、そのときは簡単に捨てられ、別の部品と交換される。私はそんな歯車なんだ」

先生は寂しそうに、そしてちょっと苦しそうに、そう言って笑った。

「私も解き放たれたい」

先生はなぜあたしという女に興味を持ったのだろうか？

田舎から出てきて東京で一人暮らしをしているマッサージ嬢のあたし。どこにでもいる普通の女の子だ。なぜ、あたしだったのだろうか？

「さあ、行こうか」

先生に背中を押され、男達の輪の中に入っていく。あたしの露出度の高い服は、周囲のコンパニオン達と比べても際立って目立っていた。すれ違う男達の誰もが振り返り、好奇に満ちた視線を投げ掛けてくる。

「恥ずかしいです」

下着も着けずに薄いスリップドレスを着ただけのあたしに周囲の視線が集まる。

先生はそんな視線もまったく気にしない様子で、あたしの肩を抱いたままその中を突っ切って行った。そして、ホールのほぼ中央で談笑している五十代後半くらいの二人の男達の前で立ち止まった。

「三島先生、長岡先生ご無沙汰しております」

先生が男達に「先生」と呼び掛けて挨拶をした。なんだか変な感じだった。

先生が笑顔で二人に語り掛ける。そして、あたしの体を押し出すようにして、二人に紹介した。

「私が育てている更紗です」

あたしは一瞬、全身が凍りつくのを感じた。

「ほほう、君があの噂の女性か」

「これはなかなかの美人だ。体つきもすばらしい」

二人の舐めるような無遠慮な視線を、あたしはただ体を小さくするようにして黙って受け止めるしかなかった。

「この女性はどこまで解放されたのかな?」

先生があたしを見つめる。

「かなり自由にはなって来ていますが、まだまだ本当の自分の姿を見つけてはいません。これから先生方にも見ていていただき、一つ壁を越えさせてみようと思います」

先生はそう言うと、リモコンバイブのスイッチボックスを取り出した。

「それはなかなかおもしろい。今からどこかの部屋を取ってこようか？」

「いいえ、それには及びません。今、この場で行いますから」

あたしは酷い絶望感に襲われて、気が遠くなった。先ほど人々の間を抜けて来たので、今でも数人の男性が、あたしの露出的な体にいやらしい視線を送ってきている。こんな中でスイッチを入れられたら……

「彼女の下着には二本のバイブがついています。それは性器の二つの器官にしっかりと納まっています。今からスイッチを入れますね」

あたしは泣きそうになりながら、先生の目を見つめて訴える。しかし、無情に先生は一つ目のスイッチを入れた。

「あううううっ」

あたしの体内の奥深くで、猛《たけ》り狂ったバイブレーターが暴れ始めた。子宮を破壊するような激しい快楽が全身を突き抜ける。

「もう一つ」

先生が二つ目のスイッチを入れた。クリトリスが爆発しそうなほどの快楽に襲われる。

すでに周りの景色が霞みだし、立っていることさえ苦痛となってきていた。唇はワナワナと震え、目は熱く潤み、全身が小刻みに痙攣を繰り返す。

周りの人達に感づかれてはいないだろうか。激しい羞恥心で気が変になりそうだ。

だが、あとほんの少しの時間で、きっとそんなことはどうでも良くなってしまうだろう。

あたしは自分の理性が崩壊する瞬間が、もうすぐそこまで迫っていることを感じていた。

先生の目を見つめる。先生もあたしを見つめてくれている。周りの男性達があたしの様子がおかしいことに気づき、騒ぎ始めていた。

好奇に満ちた周囲の視線。男性達のあざけりの目。女性達の非難の目。それが、身を切るように突き刺さる。でも、そんなことももはやどうでもいいことになりつつあった。あたしは先生の視線だけを受け止める。

先生が見ていてくれる。あたしのすべてを見ていてくれる。あたしの死ぬほど恥ずかしい姿を見て、先生も興奮してくれる。

あたし達は恋人ではなかったが、まちがいなく心が通じあっていると感じた。それは愛ではなかったが、愛と同じくらい深く純粋なものだと思えた。

そのとき、あたしは一つ壁を越えた。恋人の直人を裏切るのではない。これはあたしの人生にとって、きっと大切なこと。今でも不安や迷いや躊躇《ためら》いはあった。でも、あたしはあたし自身のために、壁を越えることにした。

「スイッチを『強』に入れてください」

気を抜くと快楽の波に流されそうになる意識の中で、震えてしまう声を振り絞り、あたしはそう言った。先生がスイッチを操作し、バイブレーターの振動を最強に切り替える。先生の温かな視線の中で、あたしは脱皮を始めたもう一人の自分を見つけた。

強烈な刺激があたしの性器をぐちゃぐちゃに掻き回していく。高圧電流に感電したかのように、体がびくんと跳ねあがった。泣き叫びたくなるような官能が、全身を突き抜ける。もはやあたしには周囲の景色は何も目に入らない。

「ああっ！」

遠巻きに好奇の視線を送ってくる男達の前で大きく身体を仰け反らし、必死で先生の腕に摑まりながら、あたしは一回目のオルガスムスを迎えた。

「いくっ」

絶頂を迎えるときは必ず、先生にそのことを告げなくてはならない。体に教え込まれた習慣が、無意識のうちにあたしを残酷な世界へと落とし入れる。まわりの喧騒が、一瞬だけ静まり返った。

「おい、今の聞いたか？」

「まあ、いやらしい。何か変なことをしてるのね」

「俺もなんだか興奮してきちゃったよ。この後、いっしょに部屋を取らないかい」

「もう、ばかねぇ」

まわりから侮蔑《ぶべつ》と好奇の容赦ない視線が降り注ぐ。騒ぎを聞きつけ、ホテルのボーイが足早にこちらに向かってくる。

「お客様、何かお体の具合でもよろしくないのでしょうか？」

その場に座り込んで全身を小さく痙攣させているあたしを見下ろし、ボーイは困り果てたように言った。そのとき、先生と一緒にいた男性のうちの一人が口を開いた。

「いや、ちょっと貧血を起こしただけです。君、この女性に何か冷たい飲み物でも持ってきてくれないか」

ボーイはその男性の顔を見た瞬間、凍りついたように直立不動の姿勢で、何度もうなずいた。

「はい。三島先生。ただいますぐにお持ちいたします」

ボーイはドリンクバーに向かってすっ飛んでいく。

先生がバイブレーターのスイッチを切ってくれる。あたしはため息を一つつくと、ゆっくりと立ち上がった。

荒い息を整えながら、いきなり現実の世界に引き戻された恥ずかしさに、全身を真っ赤に染める。

「なるほど、なかなか調教しがいのある子だ。いい子を手に入れたな。これからが楽しみだ」

男達があたしのことを、まるで犬か何かのような酷い言い方をしていた。言葉があたしの上を通り過ぎていく。

「ありがとうございます。すべてはこの更紗次第ですけど。まだまだ迷いがあるようですから」

ボーイが冷たい水の入ったグラスをトレイに載せて運んできた。あたしはそのグラスを受け取り、一気に飲み干す。喉がカラカラだった。

「更紗、もっと飲みたいだろう。バーカウンターまで行って、ビールのグラスを取って来なさい。あと、こちらの先生方と私の分も一緒にな」

先生の目が妖しく輝く。次はどんな酷い仕打ちが待っているのだろうか？

あたしは容赦のない不躾《ぶしつけ》な視線を送ってくる男達の間を潜《くぐ》り抜け、バーカウンターまでビールを取りに行く。トレイを借りて四杯のビールの入ったグラスを載せた。それを持って、再び先生の元へと戻る。

さっきのバイブレーターでの刺激のせいでひときわ硬く尖った乳首が、薄いドレスの生地をさらに突き上げている。ノーブラなのは、もはや誰の目にも明らかだった。ブラジャーをしていないので、歩くたびに胸が大きく揺れる。乳首が擦れて痛い。その痛みが、今おかれている自分の状況を、よりいっそう強く思い知らせてくれた。恥ずかしくて、惨めで、苦しい。それなのに、泣きたいほど感じる。興奮で心と体が震えた。

人々の中を通り抜けるとき、酔った肥満体型の中年男性とぶつかってしまう。その男はわざとよろけたふりをして、あたしの胸を鷲摑みにしてきた。

敏感になっている乳首を中心に痛みと快楽の波が走る。

こんな醜い見知らぬ男に触られたのに……

嫌悪感の中に同居する淫らな快感。吐き気がするような倒錯と退廃の中に、どんなに否定してもあたしは快楽の種火を見つけてしまう。

あたしはそんな自分自身を感じて、むしょうに腹が立った。八つ当たり半分で、あたしはニヤニヤと笑っているその酔っ払い男の足をわざと踏みつけ、そ知らぬ顔で人々の間をすり抜けて行った。先生の元へたどり着く。

「お持ちしました」

「更紗。みなさん、やはりビールよりもウーロン茶の方が良いそうだ。私もウーロン茶が飲みたくなった」

「では、すぐに取り替えてきます」

「いや、一度手にしたものを返すなんて失礼だろう」

「…………」

「すべて、お前が飲みなさい」

あたしは三人の男達を上目遣いで見つめる。

あたしと先生にはルールがあった。それはたった一つ。でも、その一つが死ぬほど過酷だった。

あたし達の間では、どんなことがあっても、先生の命令は絶対だった。なぜなら、あたしは先生の奴隷なのだから。

「はい。ありがとうございます。更紗が飲ませていただきます」

あたしは四杯のビールのグラスを次々に一気飲みした。わずかに口から溢れ、首から胸元へ一筋の金色の液体が流れる。まわりの男達が、それをまぶしそうに見つめていた。

ビールがお腹の中に溢れた。苦しい。でも、その苦しさが、先生とあたしの心の絆《きずな》を強めてくれる気がした。苦しければ、苦しいほどいい。辛ければ、辛いほどいい。

あたしと先生は、確かな絆で結ばれているのだから。

四杯すべてを飲み終えると、あたしは空のグラスをトレイに載せ、再びバーカウンターへ向かう。取り巻いて見ていた男達が、さっと道を開けた。あたしは空のグラスを返し、四杯のウーロン茶のグラスを受け取る。

もう自分の分は要らない気分だったが、先生の命令の意図をなんとなく感じて、四杯を頼む。みんなの元へ戻ると、再び先生が言った。

「更紗、みなさん、ウーロン茶より水割りの方がいいそうだ」

わかっていた答えなのに、あらためてその言葉を聞くと、やはりあたしは酷く動揺した。それでもあたしは絶望と魔性の世界の淵《ふち》をふらつきながら、次々と四杯のウーロン茶のグラスを飲み干していく。

「すぐにお持ちします」

もう一度、バーカウンターへ向かう。胃が膨らんで破裂しそうだった。空のグラスを返し、新たに四杯の水割りのグラスを受け取る。そして、先生の元へ。

「更紗。やはり、みなさんビールの方がいいそうだよ」

先生の悪魔のような言葉。他の二人はことの成り行きを黙って見ている。

あたしは四杯の水割りのグラスを強引に喉の奥に流し込んだ。そして、バーカウンターへ。四杯のビールのグラスを受け取る。酔いが回ってきたようだ。足がふらつく。体が熱い。視界が狭くなってきた。無限に回り続けるメリーゴーランド。先生の元へ戻る。

「更紗。みなさんと一緒に外へ出ることにしたよ。もったいないからそのビールはすべてお前が飲みなさい」

吐き気がする。一気に飲んだための酔いだろうか？　それとも絶望感か？　あたしは四杯のビールを、次々に流し込むように飲んだ。

先生の腕につかまりながら、大ホールを後にする。Tバックが透けているヒップラインを、みんなが目で追っているのを感じた。男達の欲望、女達の侮蔑。あたしは、いつもより少し余計にお尻を振って歩いた。

先生があたしの瞳を覗き込む。

「先生。す、すみません」

「どうしたんだ？」

「あの、おトイレに……」

「だめだ。みなさんをお待たせするわけにはいかない。後にしなさい」

「で、でも、もう我慢できそうにありません」

あれだけたくさんの水分を取ったのだから当たりまえだと思う。あたしの膀胱は、おそらく縁日で売っているヨーヨーすくいのヨーヨーのようになっているに違いない。

それでも先生はあたしの手を強引に引っ張って行く。

ホテルの玄関ロビーに行くと、先ほどの二人の男性が待っていた。それぞれが美しい女性を連れている。

三島の同伴の女性はモデルのように細身で背の高い美女だった。長岡が連れているのは、まだ女子高生のようなあどけない顔をした可愛らしい女の子だった。

「三島先生。長岡先生。どうもお待たせいたしました」

「うむ。それでは君達二人は私の車に乗って行きなさい」

三島と呼ばれた男の車に、あたしと先生は乗ることになった。

三島の車はSクラスのベンツだった。大型のその外車には専属の運転手が乗っている。三島の連れの女性が助手席に乗り、後部座席に、あたしを挟むようにして、三島と先生の三人が乗った。

いつの間に降り出したのか、外は土砂降りになっていた。ベンツ特有のワイパーの動きでも、前方が見えないくらいの激しい雨だ。

「コンビニがあったら止めてください」

先生が運転手に声を掛ける。ほどなく車が道路脇に停車した。

「道の反対側ですが、よろしいですか？」

運転手が振りかえって、先生に確認を取る。

「ええ、構いません」

先生が無表情に応えた。

「更紗。すまないがこの道路を渡って、コンビニまで買い物に行って来てくれないか」

コンビニに寄ると聞いて、てっきりトイレに行かせてもらえるものと思っていたあたしは、先生のその言葉に真っ青になった。

先生の命令。これはどんなにそれが過酷で絶望的なものであっても、あたしにとっては絶対なものなのだ。あたしはそう決めたのだ。もしあたしがその誓いを破れば、あたしと先生の関係は何の意味もなさないものになってしまう。

あたしが恋人の直人を裏切るようにして、先生と性的な関係を続けることの意味を失ってしまうのだ。

だから、あたしは黙って頷いた。

「二リットルのミネラルウオーターを買ってきてくれ」

あたしは先生と体を入れ替えると車を降りた。すぐに滝のような雨があたしの全身を包む。道の半分も渡らないうちに、薄いスリップドレスが濡れて全身に張りついた。もはや服の役目を果たしていない。全裸で歩いているのとかわらない姿で、あたしはコンビニへと向かう。

自動ドアが開くと学生アルバイト風の店員二人があたしを見た。立ち読みをしていたカップルもあたしの姿に啞然とする。あたしは彼らの視線を全身に受け止めながら、ペットボトルをつかんでレジへと向かった。

店員は無遠慮にあたしの透き通った乳首を見つめている。あたしは羞恥心と屈辱感で微かに震える手で、店員にお金を払った。その間も、店員の視線はあたしの胸にくぎ付けのままだ。おつりを受け取ると逃げ出すように、店を飛び出した。

　後ろから彼らのあざ笑う声が聞こえるようだった。あたしは通りの向こう側に止まっているベンツまで走った。車につくとドアをノックする。窓がするすると音もなく開いた。

「おかえり、早かったな」

「早く中に入れてください」

「そんなずぶぬれで、この車に乗れると思っているのか。三島さんのベンツのシートは本皮なんだよ。濡れたら台無しになってしまう」

「でも……」

「車に乗りたかったら、服を脱ぎなさい」

　あたしは先生のその言葉に呆然《ぼうぜん》となった。酷過ぎると思った。背後をカラフルな傘を差した三人の女子高生が通り過ぎる。笑い声が聞こえた。

　あたしは仕方なく、歩道の真中で体に張りついたドレスを脱いだ。そのまま足元に捨てる。ブラジャーはしていない。いやらしいバイブレーター付きのストリングス一枚だけの姿で立ち尽くす。恥ずかしさに涙が出た。

　ドアが開く。再び先生と三島の間に座らされる。助手席の女性がタオルを貸してくれた。すばやく体や髪を拭《ぬぐ》い、剝き出しの胸を隠す。三島はずっとその様子を見ていた。

「本当に美しい体だ。まるで天使を見ているようだ」

「悪魔の手に堕《お》ちた天使ですけどね」

先生の言葉に、三島が頷く。

「さながら、堕天使というところだな」

三島の無遠慮な視線があたしの乳首を尖らせる。あたしは怖くなって、先生の手を強く握り締めた。

「よく頑張ったね」

先生がその手を優しく握り返してくれる。指と指を交互に交差するように握り直した。

うれしい。あたしは先生の肩に、凭《もた》れ掛かった。あたしの心は恋人の直人のものだけど、肉体と精神は先生のもの。

あたしは先生のもう一方の手に、バイブレーターのリモコンスイッチが握られているのを見つけた。

あたしはゆっくりと目を閉じる。もうすぐ訪れるであろう絶望的な刺激と羞恥に耐えるために。

先生がバイブレーターのリモコンスイッチを入れた。あたしの体の奥深くで、ローターが唸《うな》りをあげる。乾いたモーター音が車内に響いた。誰も口を開くものはいない。エンジンの音さえ、ほとんど聞こえない高級車の車内で、ただひたすらに、バイブレーターのモーター音が鳴り続ける。

シートを伝わって、隣に座っている三島にも、振動がはっきりと伝わっているはずだ。あたしはそのことを想像して、消えてなくなってしまいたいほどの羞恥にかられる。いやらしいTバックのストリングス一枚だけの姿で、体の中には恥ずかしい玩具が埋め込まれたまま、唸りをあげて振動を続けている。なんて淫らな姿なのだろう。

しかし、あたしの肉体も精神も、すでにそのことのすべてを受け入れ始めていた。体の奥底から湧き出したあたしの体液は、小さな下着の隙間から溢れだし、もしかしたらすでに車のシートを汚してしまっているかもしれない。あたしのいやらしい体液。

「どんな気分だい？」

先生が、あたしの顔を覗きこんで聞く。

「ああっ、恥ずかしいです」

「そうだろうね。こんないやらしい格好をしているんだから。でも、恥ずかしいだけじゃないだろう？」

ああ、先生の残酷な問い掛け。それでも、あたしはそれに正直に応えなければならない。

「き、気持ちいいです」

消え入りそうなあたしの声。体が火照る。

「そうか、だったらスイッチを強に入れてあげようか」

「だ、だめです。そんなことをしたら……」

ホテルを出る前から始まっている尿意は、すでに我慢の限界を超えていた。ちょっとした車の振動にも、気を許すと漏れ出してしまいそうになる。

「ああっ。こ、これ以上我慢できそうにありません。せめて、先におトイレに行かせてください」

バイブレーターの振動が、尿意を押し止めようと尿道を引き締めている筋肉を痺《しび》れさせていく。

「ああっ。く、苦しい。おかしくなっちゃう」

隣に座っている三島が、声を掛けてくる。

「あと三十分くらいで、私の持っている秘密のマンションに着く。それまで我慢しなさい。第一そんな姿では、車から降りるわけにもいかんだろう」

三島が笑いながら、あたしの乳首を摘む。ズキン、という痛みと、おぞましさが走り抜ける。

直人以外で唯一あたしの体を触っても許せるのは、先生だけだ。あたしは嫌悪感に体を硬直させた。

あたしは先生に助けを求める。

「お願いします。ほんとに我慢できそうにないんです。三十分なんて絶対に無理です」

先生はいつもの優しい眼差《まなざ》しで、あたしを見つめ返してくれる。

「更紗。私の為に、その苦痛に耐えてくれるね」

先生が、力強くあたしの手を握り返してくれた。それだけで絶望的な苦痛が、幸福な快楽に変換される。あたしは改めて決心した。先生の命令に従おう。どんな羞恥にも、どんな屈辱にも、そしてどんな苦痛にもきっと耐えてみせる。それが先生の望みなら。それがあたし自身を変えることになるのなら。

あたしは、黙って頷いた。

「更紗。さっきコンビニで買ってきたミネラルウオーター、あれでも飲んで、気を紛らわせたらどうだい」

何という残酷な命令だろう。この上まだ、水を二リットルも飲めというのか。あたしの精神が麻痺していく。何も考えられない。先生はあたしを傷つけることで、その愛情を示している。それだけを感じ、それ以外のすべてが意味を成さないものになっていく。

始めのうち、十数分置きくらいに襲ってきた激しい尿意の波は、すでに三分置きくらいになっていた。それでもあたしは頷くと、ミネラルウオーターのペットボトルを手にする。スクリューキャップを取ると、そのままラッパ飲みにした。

破裂しそうな胃に、強引に流し込む。すぐに苦しくなって噎せてしまった。それでもまた飲み始める。

尿意の波が襲ってきたときは、両手を強く握り締め、目を閉じ、全身に力を入れて耐えながら、過ぎ去るのを待つ。そうしていると、体内で暴れまわるバイブレーターの振動を、より鮮明に子宮に感じてしまう。気が変になりそうだった。

波が過ぎると、また水を飲み始める。溢れたミネラルウオーターが唇を伝い、乳房へ滴り落ちる。

冷たい。熱く火照った体に、まるで氷のように冷たい水が流れる。

およそ三十分をかけ、あたしはどうにか二リットルの水を、すべて飲み干した。

その頃には全身は絶え間無く小刻みに震え、顔は蒼白になり、強く噛み締めた唇からは、血が滲んだのか、口の中で鉄の味が広がっていた。

車は巨大なタワーマンションの、地下駐車場にすべり込む。ようやく着いたようだ。しかしすでに、あたしは限界を遥かに超えていた。意識さえ遠くなりそうな苦痛の中で、あたしは車から、自分の足で降りることさえできそうになかった。

「だめです。少しでも歩いたら、きっと恥ずかしいことになってしまいます」

目に涙を浮かべ、あたしは先生に助けを求める。

ゆっくりと先生の肩につかまり、車を降りると、そのまま促されて、彼の背に負ぶさった。

地下駐車場からオートロックのガラス扉を抜け、そのままエレベーターで、最上階まで上がる。狭いエレベーターの中に、三島とその連れの女性。そして、もう一台の車で来た長岡とその相手の女の子。さらに、先生とあたしの六人が乗り込んだ。

あたしだけが全裸に近い姿で、先生に負ぶさっている。しかし恥ずかしいなどと考えている余裕もないほど、あたしの苦痛は、極限に達していた。

エレベーターの扉が開いた。最上階には、ドアは一つしかない。そのドアを、三島が鍵を使って開けた。六人が中に入ると、三島は三つのロックを内側から厳重に掛けた。

「このマンションは完全防音になっている。中で花火を打ち上げたって、外には聞こえんだろう」

7LDKの高級マンション。バルコニーには、ジャグジーバス。そして、天井に埋め込まれた液晶プロジェクターに、一〇〇インチの開閉式スクリーン。磨き上げられたマホガニーのカウンターには、様々な年代物のブランデーやウイスキーなどの洋酒のビンが並ぶ。各部屋にはラブホテルのような、クイーンサイズのダブルベッドが入っているのも見えた。リビングルームは、五十畳はあるだろうか。フローリングの床には、三人がけの長いソファが三つ、コの字型に配置されていた。

先生は、その中央に引かれたラグの上にあたしを下ろすと、ソファの一つに腰を下ろした。全身を硬直させ、激しい尿意と戦っているあたしは、先生を見上げ泣きそうな顔で懇願する。

「お願いです。トイレに連れて行ってください」

「いいだろう。でもその前に、私からも頼みがある」

「なんですか？」

切羽詰った声で、あたしは尋ねる。

「その唇で、私を射精させてほしい」

「こ、この場所でですか」

見知らぬ男女四人がすぐ側《そば》のソファに腰掛けてあたしを見ている。

「そうだ」

冷ややかな先生の瞳。こんなにも酷い仕打ちをされてもなお、あたしは先生のことを、少しも嫌いになれない。

「わ、わかりました。やります。でももう、おしっこが我慢できないんです。後でどんなことでもしますから、先にトイレに行かせてください」

「だめだ。私は今すぐ射精したいんだ。フェラチオで私をいかせるまで、トイレには絶対に行かせないよ。さあ、どうする。議論してる暇はないんじゃないのか」

確かに一秒たりとも無駄にできる時間はなかった。

三島と長岡、それぞれのカップルがその様子をじっと見ている。あたしの恥ずかしい姿を、みんなで見物する気のようだ。

あたしは目を閉じる。頭の中で、何かの音が聞こえたような気がした。

ぽたん。ぽたん。ぽたん。確かに音がしている。なみなみと水が張られたコップに、水道の蛇口から漏れた雫《しずく》が落ちる音。

ぽたん。ぽたん。ぽたん。すでに、限界まで水が入っている。それでも表面張力によって、水はコップから溢れることなく、溜まり続けていた。

ぽたん。ぽたん。ぽたん。耳の奥の方から、雫の落ちる音が聞こえる。

ぽたん。ぽたん。ぽたん。あたしはソファに座った先生の前に、膝立ちでにじり寄った。先生のズボンのベルトをはずし、そのまま足から引き抜く。パンツも引き降ろし、隆々と勃起したペニスを両手で包み込んだ。上目遣いで、先生の瞳を覗く。興奮に上気したその顔の中に、充血した瞳が浮かんでいた。

先生も興奮している。

それだけですべてを許せる気持ちになり、あたしはペニスに唇を寄せた。

舌を使って念入りに舐め上げる。ペニスの裏筋に添って、ゆっくりと何度も舌先を往復させた。亀頭の縁をグルグルと円を描くように舐め回す。唾液で亀頭がキラキラと輝いて見えた。先生の味が舌に広がる。

睾丸を交互に口に含み、舌の上で飴玉のように転がしてみた。

「ああっ、更紗、凄いよ」

先生の声が掠れている。握り締めたペニスが、一段と硬さを増した。

それを確認すると、あたしはペニスの先端に、熱い口づけをした。情熱的なディープキス。

先生のうめき声が、あたしにとっての愛撫になる。興奮を伝えるその声に包まれ、それだけであたしは達しそうになった。太腿を擦り合わせて、それに耐える。

三島が、いつのまにか背後にやってきた。

「これを使った方が気分がでるだろう」

そう言うと、後ろからあたしの両腕を掴み、背中に捻り上げる。腕に痛みが走った。カチリと金属質な音がして、手首が固定される。あたしの両腕は、後ろ手に手錠で拘束されてしまった。

あたしは先生のペニスを深く口に含む。ゴクゴクとまるでそのまま飲み込むかのように吸い込む。喉の奥に先端部分があたり、強い吐き気が込み上げるが、それでも構わず飲み込み続ける。

ペニスが根元まですべて口の中に消えたのを確認してから、あたしはゆっくりと首を振り出した。舌を使ってたっぷりと舐め上げた後、再び深く飲み込む。それを繰り返し、徐々に速度を速めていく。

両腕を手錠によって拘束されているので、口だけを使って、先生に愛撫を与え続ける。あたしはいつしか、折れそうになるくらい激しく、首を振り続けていた。

「更紗。凄い。凄いよ、ああっ、更紗」

先生の声があたしを優しく、そしていやらしく包む。すでに尿意は、肉体で制御できる限界を遥かに超えていた。下腹部が、まるで自分の体ではないみたいに痺れている。それでもあたしは首を振り続けた。あたしの口の中で、先生がさらに大きくなっていく。

先生の手が伸びてきて、あたしの腰のベルトをはずした。先生があたしの下着を脱がす。バイブレーターがゆっくりと体から引き出されていく。

「いやぁぁぁ！」

あたしは内臓ごと引《ひ》き摺《ず》りだされるような激しい快楽にたまらなくなって、思わず先生のペニスを吐き出し、叫び声を上げてしまう。

そのまま先生がソファから滑り落ちて、両足を開いて膝立ちになったあたしの下に潜り込んできた。そして、あたしの腰に両手を掛け、力強く引き寄せる。

メリメリと、音が聞こえたような気がするほどの衝撃が、子宮を突き抜ける。

先生の肉体のすべてを包み込むようにして、あたしの体の傷口が大きく口を開けた。あたしの肉体の傷口。それは自分自身に嘘をつき続けてきた、あたしの心の傷口でもある。その傷口が今、先生の熱く膨れ上がったペニスによって塞《ふさ》がれた。もうあたしは嘘がつけない。

先生が下から激しく突き上げて来た。あたしも両腕を使えぬ不自由な体のまま、先生に馬乗りになった形で、激しく腰を振り続ける。

「いやっ、恥ずかしい」

騎乗位というんだっけ？　自分の格好を意識して、あたしは頬を真っ赤に染めた。あたしが虚ろな目で喘ぎ声を上げながら、腰を振り続けている姿を、すぐ側で四人の男女が眺めている。

恥ずかしくて死にそうだった。今すぐ舌を嚙んで死んでしまいたいとさえ思う。それなのに、自分で自分の腰の動きを止めることができない。

初めて先生のペニスを受け入れたあたしの肉体。溢れ出した涙が頬を伝わり、先生の厚い胸にしたたり落ちる。

あたし、何で泣いているのだろう？

恋人の直人がいるのに、あたしはよく素性も知らない年上の男とセックスをしている。それも恥ずかしげもなく、他人の目の前でだ。

以前のあたしだったら、考えられないことだった。どうかしてしまったのかとさえ思う。

涙が止まらない。それでもあたしは腰を振り続ける。勃起して包皮から飛び出したクリトリスを、先生の陰毛に擦り付けるように、腰を大きくグラインドさせた。

「あああっ」

感じ過ぎて全身に鳥肌が広がる。

先生とセックスしてしまった。縄で縛られたり、バイブレーターで何回もいかされたりとか、淫らなことは散々いっぱいしてきたが、セックスしたのは初めてのことだった。

硬く勃起したペニスを挿入されてみて、自分がそれをずっと待ち望んでいたということを痛いほど思い知らされる。

あたしはずっとその答えを避けてきたけれど、やっぱりこの男とセックスをしたかったのだと体が認めていた。

先生と目が合った。あたしの瞳には涙が溢れている。視界がぼんやりと滲んでいた。でも、先生があたしのことをしっかりと見ていてくれるのはわかる。熱い視線。先生と本当の意味で一つになったのだと感じる。

柔らかな光に、全身が包まれたような気がした。温かい。すべての感覚が優しく感じられる。

先生はお店のお客さんだった。普段はお客さんと必要以上に親密になることなど絶対になかった。なんでそんなことをしたのだろうか？　どこか感じるものがあって、言われるままに携帯番号を交換し、食事に行った。たくさんお酒を飲んで、泥酔したあたしは、先生を自分の部屋にお持ち帰りした。そして全裸にされ、縄で緊縛され、バイブレーターで陵辱されたのだ。

あれからまだ一ヶ月もたっていない。

あたしには直人という愛する彼氏がいて、何の不満もない生活をしていたはずだった。それなのに、そこに入り込んできた先生によって、あたしの毎日の生活は変わっていった。

薄れていく意識の中で、唯一先生のペニスを受け入れた性器だけが、ドキドキと脈打つように熱く息づいていた。

涙が止まらない。息が苦しい。堪らなくなって、あたしは大声を上げて泣き出してしまった。快楽が押し寄せてきた。

「ああっ、凄い。だめ、いやっ、いいっ！」

口をつく言葉が、意味を成さなくなっている。

先生もあたしも獣のように叫びながら、ただひたすらに腰を振り続けた。もはや周りの視線なんて、どうでもよくなっている。

「ああっ、更紗、気持ちいいよ」

「凄いっ。あああっ、感じ過ぎて、怖い」

腰を激しく振る度に、乳房が大きく揺れた。乳首が痛いくらいに尖っている。下から先生がそれを見上げていた。

「お願い。おっぱいを苛《いじ》めてください」

先生の手が伸びる。凄い力で、乳房を握り締められた。

「あああっ、凄い」

眩暈がするほどの激痛が走る。それなのに、性器から湧き出る体液の量がさらに増えてしまう。

自分のその体の変化を先生に悟られてしまうことが恥ずかしかった。でも、合わせられた二人の性器が奏でる音の変化で、とても隠すことなどできそうにない。

先生の指先が乳首を摘む。今では先生の指先は、あたし自身より詳しく、あたしの体のことを知っている。あたしは先生に自由にされている感覚に、身も心も任せていった。

二人の腰の動きが激しさを増す。

巨大な波が、あたしに襲い掛かった。あたしは激しく全身を痙攣させながら、先生のペニスを強く締め上げる。先生のペニスがあたしの中でさらに大きくなった気がした。

二人の体が繋がった部分だけが意識を持ち、まるで言葉のように熱い体液を交し合う。

もう限界だった。

「ああっ、だめっ！」

繋がった性器の周りがぼうっと熱くなる。あたしは放尿していた。

「いやぁぁぁ、見ないで」

体中に溜まりに溜まった液体が、すべて噴出していく。いくら出しても、あたしの放尿は止まらなかった。長い間、止めどもなく続く。噴水のように激しく音を立て、先生の下腹部に降りかかった。

「凄い、感じるっ！」

おしっこが尿道を激しく駆け抜けていく感覚が、死ぬほど気持ち良かった。それだけでいきそうだった。やがて先生がひときわ激しく呻いたと同時に、大量の熱い精液があたしの中で飛び散った。

先生のペニスが激しく痙攣するのがわかる。その間もあたしの放尿は止まらない。次の瞬間、あたしもオルガスムスを迎えていた。

言葉にして、先生にそのことを伝える。恥ずかしいのに、あたしはそのことをどうしても伝えたくなった。

「いくっ!」

それでもまだ、あたしの放尿は続いている。あたしは白目を剝いて、全身を激しく痙攣させながら、先生の体の上に倒れ込んだ。しばらく痙攣の波が続く。

遠のく意識の中で、先生の舌があたしの口の中に入って来たのを感じる。無我夢中でその舌に吸いついた。

もう、雫が落ちる音は聞こえなかった。あたしと先生はまだ繋がったままだ。肉体も、そして心も。

このままいつまでも、ずっとずっと繋がっていたいと思った。

どのくらいそうしていたのだろうか? 先生があたしの中で射精し、それを感じながらあたしも果てた。その後、崩れ落ちるように先生の上に倒れて、そのままあたしは意識を失っていたようだ。

周りで人の動く気配がして、あたしは意識を取り戻した。慌てて体を起こす。下半身はまだ先生と繋がったままだった。

あたしが気を失ってから、どれくらいの時間がたったのだろうか。

それはほんの数分の事だったような気もしたし、一時間以上が過ぎたようにも感じられた。時間の感覚がおかしくなっていた。

あたしの体の中で、先生はまだ勃起したままだった。

先生があたしを押し退け、立ち上がろうとする。内臓ごと引きずり出されるような感覚とともに、ペニスがずるずるとあたしの体から抜けていく。

あたしは少しでも長く先生の肉体をあたしの体内に留《とど》めて置きたくて、下半身に力を入れてみる。先生はちょっとだけ苦痛に顔を歪めたが、それでもペニスはあたしの体から出ていってしまった。

一緒に先生の精液があたしの性器から流れ出してくる。それはゆっくりと太腿を伝わり、やがて足元へと流れていった。

後ろ手に手錠をかけられ、両腕の自由が利かないあたしは、なすすべもなく流れ出て行くその白い液体を見つめていた。

足元にはあたしが流した大量のおしっこが水溜りのようになっている。先生の精液はその金色の液体の中に落ちても、決して混ざり合うことなく、まるで海に浮かぶ海月のように揺れていた。

「すばらしいものを見せてもらえた。次は私達の番だろう」

三島が立ち上がる。それに合わせて、パートナーの女性が、するすると無造作にドレスを脱いでいった。中にはいっさいの下着をつけていない。透き通るくらい白い肌に青い血管が幾重にも走っていた。折れてしまいそうなくらい細い体なのに、胸や腰には充分な肉がついていて、性体験の豊富さが窺えた。歳《とし》は二十四、五だろうか。肩よりも少し長いくらいに切り揃えられた黒髪が、紫色に輝いていた。

三島はその女性の両手をきつく縄で縛り、それを天井から垂れ下がっている滑車に巻かれたフックに引っ掛けた。次に、壁に取り付けられたスイッチを押す。モーターの動く音が不気味に響くと、ゆっくりと滑車が回り始めた。

女性の縛られた両手がだんだんと上がっていく。たちまち万歳をした格好になり、やがてその爪先が床からわずかに離れた。

苦しいのだろうか？　ギシギシと縄を揺らし、女性が身悶える。すでに女性の体は完全に天井から吊り下げられた状態になっていた。

白い肉体が一本の棒のようになって、ぶら下がっている。女性が身悶える度に、サラサラの黒髪が背中で揺れた。あたしはその姿に魅入ってしまう。美しいと思った。

三島が女性に近づいていく。その手には、一本の黒い鞭が握られていた。

「あれは凄いよ」

後ろからあたしの肩を抱いた先生が、耳元でそう囁く。

「SMプレイ用の鞭はバラ鞭っていって、普通は先が幾重にも分かれているやつを使うんだ。それだと派手な音がするほどには痛みは少ない。痕もつきにくいしね。でもあれはそんな遊び道具なんかじゃない。サーカスで猛獣用に使う本物の一本鞭だ。あんなものを人間の、それも女性の弱い肌に使ったら、たちまち肌を突き破って血が噴出すだろう」

話を聞いて微かに震えだしたあたしの体を、先生はきつく後ろから抱き締めてくれた。先生の息が耳に掛かり、ちょっとくすぐったい。

ビュンビュンと音をさせ、三島が空中で鞭をしならせている。その音が不気味だった。女性は両手首で吊られたまま、目を閉じてじっとしている。

次の瞬間だった。全身の力を込め、三島が鞭を振り下ろした。鞭が空気を切り裂く音。肉が引き裂かれる音。そして、女性の激しい叫び声。

聞くに堪えないとはこういう叫び声を言うのだろう。耳を塞ぎたくなるような悲痛な叫び。恐怖があたしの体にも溢れるような声だった。

三島は続けざまに、鞭を数回振り下ろす。その様には一切の手加減はない。激痛に嗚咽を漏らしながら、女性が許しを乞う。しかし、三島は決して手を休めない。

「理花、今日は三十発だ。何があっても途中じゃ止《や》めんぞ。耐えろとは言わん。耐えられない苦しみを存分に味わうがいい」

かなり芝居掛かった口調で、三島が叫ぶ。それが呪文のようになって、二人がさらに高まっていく。

理花と呼ばれた女性がうめき声を上げながら、全身を捻る。吊り下げられた状態で、縄がきりきりと音を立てた。白い肌が、見る間に真っ赤に染まる。

乳房、腕、お尻、太腿、下腹部、幾重にもついた蚯蚓《みみず》脹れが痛々しい。やがて肌が破れ、血が滲み出す。それでも三島は手を緩めるどころか、ますます力を込めて鞭を振り下ろした。

涙と汗でぐちゃぐちゃになった顔で、理花が周りの人達を恨めし気に睨みつける。

「なんだその目は。ほんとは鞭で打たれて喜んでいる変態のくせしやがって！　まだまだお仕置きが足らんようだな。よし、さらにあと五発追加だ」

芝居がクライマックスへと進む。演じている二人はどちらが主人公なのだろうか？

一振りごとにおぞましい悲鳴が部屋中に響き渡る。理花は涙と苦痛で呼吸困難ぎみで、もはや口からでる言葉はまったく意味を成していない。それでも三島は鞭を振り下ろし続けた。

「それ！　あと三発だ」

三島も肩で息をして、体をふらつかせていた。老齢の三島だけに、鞭打つ方も体力と戦っている。

「それ！　残り二発」

理花が失禁したようだ。太腿を伝わり大量の液体が床に流れる。爪先と床が、金色の帯で繋がったように見える。

「ようし、最後だ！」

見ていてぞっとするほど妖しい目をした理花が、顔を上げ、三島を睨みつける。そして最後の力を振り絞り、両足をゆっくりと引き上げた。M字の形に体が開いていく。

「さあ、打って！　あたしに死ぬほどの痛みをちょうだい！」

その瞬間、三島と理花の間だけに流れる何か特別なものが、あたしにも見えたような気がした。

それは輝かしい光のように感じられ、あたしは思わず目を細める。

次の瞬間、三島が最後の力を振り絞るようにして、鞭を振り下ろした。一生忘れることができないような、おぞましい理花の叫び声。あたしは激しい寒気を覚えた。理花の体の中心に向けて振り下ろされた三島の最後の一振りは、彼女のもっとも苦痛を感じる場所で炸裂した。

気を失った理花を長岡と先生が床に降ろす。

ソファに体を放り出すように座り込んだ三島を見ると、驚いたことにズボンの前の膨らみを痙攣させながら、大きな染みをつくっていた。

三島が射精している。

ペニスへの一切の刺激なしに、理花への鞭打ちという行為だけで彼は射精していた。あたしには信じられない光景だった。

床に降ろされ、意識を取り戻した理花を、三島が優しく抱き締める。理花はまだ痙攣しながら、すすり泣いていた。

血の滲んだ傷だらけの肌に三島が舌を這わせ、理花はそれをうっとりと見つめている。

あたしは先生の手を強く握り締めた。

「私にはとてもあんなことはできないが、彼らにとっては、あれが最高の性の形なんだ。誰かに認めてもらう必要なんかない。自分が本当に求めていることを理解してくれる相手さえいれば、それだけでいいんだろう」

そう言いながら、先生はあたしの手を、さらに強く握り返してくれた。


長岡とその相手の女の子は、先に帰って行った。先生と三島は仕事の打ち合わせがあるということで、マンションに残った。

あたしと理花だけが三島のベンツで家まで送ってもらうことになった。

運転手に、それぞれ自分の家のある街の名を告げる。先にあたしのマンションへ寄って、それから理花の家に行くことになった。

「驚いたでしょう？」

車が動き出してすぐに、理花があたしに話し掛けて来た。

「す、少しだけ……」

「いいのよ、気を使わなくたって。ひどい変態だと思ったんじゃない？」

理花があたしの目を見つめて笑う。美人だとは思っていたが、すぐ側で見るとその美しさは、女のあたしでさえ緊張してしまうほどだった。

あたしも美しいとはよく言われていたが、理花はスーパーモデルのように、神がかった輝きを持っていた。

「変態だなんて、そんなこと……でも、あんなことして、辛くないんですか？」

「そりゃ辛いわよ。鞭が体に当たる度に、死ぬほど辛いわ。耐えられる限界を遥かに超えた痛みで、心も体もパニックさえ起こしちゃうくらい。ああ、あたしはなんでこんなバカなことしてるんだろうって、鞭で打たれながらいつも後悔してる」

「そうなんですか？　マゾの女性って、鞭で打たれて気持ちいいのかと思ってました」

「気持ちいいわけないでしょう。鞭で打たれれば、やっぱり痛いわよ。あなたと少しも変わらないわ」

「じゃあ、どうして？」

「エラーが起きているの」

「エラー？」

「そう、エラー。普通は、苦痛って嫌じゃない？　人間の体って、そういう風に伝達するものだと思うの。でも、あたしの体は苦痛が性的な興奮として伝達されるのよ。痛ければ痛いほど、それが興奮に繋がる。だから、エラーなのよ」

「辛いですね」

「ええ、とっても辛いわ。でも、その辛いことに興奮するって知ってしまった以上、人間は快楽から逃れることはできない」

「あの三島さんとは？」

「あの三島って爺《じい》さんとは、仕事の関係で知り合ったの。クライアントの社長さん。お金を持っているってこと以外は何の取り得もない変態だけど、あたしの方からは離れられないでしょうね」

「あんなことをされても？」

「あんなことをしてくれるからよ」

理花が左目を瞑《つぶ》ってウインクをした。きれいだと思った。理花は体が痛むのか、顔を少し歪ませながらシートの上で腰の位置をずらせた。

「大丈夫ですか？」

「ありがとう、大丈夫よ。もう、こういうのに慣れたから。それにちゃんと危険箇所は外してくれていたし」

「危険箇所？」

「背中には一発も当たってなかったでしょう。素人だと打ちやすい背中を狙っちゃうものなの。バラ鞭くらいだといいけど、一本鞭で背中なんか打ったら、脊髄《せきずい》損傷とかの危険があるのよ。さすがのあたしもまだ半身不随にはなりたくないから」

理花が切なげに目を伏せて笑った。

「…………」

理花があたしの顔を覗き込む。

「何であたしがSMなんてやっているか、聞きたい？」

あたしは理花の美しさに魅入られたように、瞬《まばた》きもせずに、深く頷いた。

「更紗さんってすごい美人ね。それだけ綺麗だったら、みんなからチヤホヤされたでしょう」

理花があたしの目をまっすぐに見ながら言った。彼女の瞳にあたしが映っている。

「ええ、まあ。でも、あたしなんかより、理花さんの方がずっとずっと綺麗です」

あたしは本当にそう思っていたので、素直にそう言った。

「ありがとう。あたしもそう思う」

普通の人が言ったら嫌みになるような事でも、彼女の口から発せられると、すごく自然に聞こえるから不思議だった。

そのはっきりとした言い方に、思わず二人で顔を見合わせて吹き出してしまった。

「理花さん、ほんとに綺麗です」

「あたしね、十三歳のころからファッション誌でモデルをしていたの。仕事は順調に増えていたし、テレビ番組のアシスタントや企業のキャンペーン・ガールなんかも入り出して、けっこう売れっ子だったのよ。高校生のときには一流企業の部長くらいのお金を稼いでいたわ。広告代理店やテレビ制作会社の人達と、六本木や麻布あたりを毎晩のように遊び回って、同年代の男の子達なんか子供にしか見えなくて、いつもバカにしてた。高三のとき、学校の文化祭で、あたしのクラスはビデオ映画を撮ることになったの。クラスに突然転校生が来て、恋愛があって、そしてまた転校して離れていく。そんな安っぽい恋愛ドラマだったけど、それを文化祭当日に上映してお金を取ることになったの。そこで誰がヒロインの転校生を演じるのか、みんなで大騒ぎになった。もちろん、クラスで一番美人でスタイルが良くて、主役にぴったりなのは間違いなくあたしだと思った。だって、あたしはすでにプロだったわけだから。誰がどう見たってヒロインは、あたししかいないでしょう。高校の文化祭のビデオ映画よ。別にその主役なんて、本当はたいして興味はなかったけど、どうせクラス全員で参加する以上、あたしはヒロインでなければならないと思った。だってあたしがクラスで一番の美女だったんだもの。でも、みんなの考えは違っていた。投票の結果、ヒロインに選ばれたのは、たいしてかわいくもない普通の子だった。あたしには二票しか入っていなかった」

窓の外を色彩のない街の風景が流れていく。すべてが灰色に染まって見えた。それを背景にして、美しい理花が溜息《ためいき》をつく。悲しいくらい美しかった。あたしは彼女の顔を覗き込むようにしながら、元気づけるために慌てて言った。

「でも……二票は入ったんですよね？」

「その内の一票はあたしが自分で入れたのよ」

理花が吐き出した息が、頬をくすぐる。

「ヒロインに選ばれた子はほんとに普通の子だった。でも、クラス委員でバレー部の副キャプテンで、そしていつもみんなと一緒にふざけ合っているような明るい性格の人気者だった。あたしが同級生達を相手にしていなかったんじゃなかった。みんなの方があたしを相手にしていなかったのね。見下した相手と信頼関係なんて生まれやしないもの。あたしはそのときになって初めてそのことに気づかされたの。でももう遅かったけどね。あたし一人だけがクラスで浮いていた」

理花は車の窓の外を流れる景色をぼんやりと見つめていた。

あたしは何て言っていいのかわからず、黙ったままそっと彼女の手に自分の手を重ねる。理花が顔を上げ、ぎこちなく微笑んだ。

「放課後のビデオ撮影をサボって、少女A役のあたしはさっさと下校したの。そうしたら、一人のクラスメイトの男の子が、あたしを追ってきた。それまでは同じクラスっていうだけで、ろくに口も利いたことがない子よ。サボってどこへ行くんだって聞くから、海を見に行くんだと答えた。学校に戻れって言われるのかと思ったら、自分も一緒に行っていいか？　って。むしゃくしゃしていたあたしは、黙っていたけど、彼は勝手についてきた。二人で防波堤に座って、しばらくの間、海を見ていた。ふいに彼が言ったの。一票入れたのは自分だって。あたしは、あんなくだらないビデオ映画なんて興味ないって言ったら、彼はそのまま黙ってしまった。しばらくして彼が、『君のヒロイン役を見たかったな。どうせ僕はその他大勢の役だから、君の相手役なんてとてもできないけど、それでも君のヒロイン役は見てみたかった』って言ったの。そして、彼が制服のポケットから、くしゃくしゃになった紙包みを取り出して、あたしの手に握らせた。中にはピアスが入っていた。あたしみたいな大人っぽい女は、そういう物をつけるものだと思ったのね、きっと。でも、その安っぽい小さな石を見た瞬間、あたしは自分がひどくバカにされたような気がしたの。気がついたら、防波堤から海に向かって、そのピアスを投げ捨てていた。ひどい女でしょう」

あたしは黙ったままで、肯定とも否定ともつかぬように曖昧に頷いた。

「ごめんね。それが彼が最後に言った言葉だった。次の瞬間、彼は波間に沈んでいくピアスを追って海に飛び込んでいた。そしてそのまま二度と姿を見せなかった。警察や海上保安庁の人達がずいぶん捜したけど、結局彼の死体は見つからなかった。見ていたのはあたし一人だけだったから、最後にはあたしが嘘を言ってるんじゃないかって言う人もいた。でも彼は行方不明のまま。あたしは精神のバランスを崩し、モデルの仕事も学校も辞めた。何もかもが嫌になった。というか、自分自身が一番嫌だった。美しいのは外見だけ。中身は人を傷つけることしかできない醜い姿をしている。こんな自分なんて、いなくなってしまえばいいと思った。精神科に通いながら、リストカットを繰り返す毎日。いつか、本気で手首を切って、あたしは死ぬんだと思った。そんなとき、三島に出会ったの。あの人も苦しんでいた。あたしと同じように彷徨《さまよ》って生きていた。権力と金に固執し続け、誰も信じず、誰も寄せつけないで生きてきた寂しい人だった。あたしは答えを出すことをやめて、すべてをあの人に委《ゆだ》ねてみることにしたの。今が幸せかどうかはよくわからないけど、少しだけ楽になった気がしてる」

そう言って再び笑った彼女の顔は、ぞっとするほどきれいだった。

そこまで書いて、私はパソコンのキーボードから手を下ろした。マウスを操作して、原稿を一時保存する。

「エッチしながらおしっこ漏らしちゃう設定なんて、更紗、怒るかなぁ」

パソコンの液晶モニターに向かって、私は独り言を言う。机の上にあった携帯電話を手に取り、指先でキーを操作する。

私は官能小説家という職業柄、パソコンを打つ時間が多いので、爪は短めに揃えてあった。それでも女子大生らしくパールピンクのマニュキアが光っている。

保存してあった写メを呼び出した。更紗の顔のアップだった。切れ長の美しい目が私をじっと見つめていた。

「更紗、あなたが私の気持ちに気づいてくれないからいけないのよ。小説の中で、もっと酷いことしてあげるからね」

私は携帯電話をそのまま机の上に置いた。更紗の写メが開かれたままだ。机の引き出しを開ける。中からバイブレーターを取り出した。山崎さんに買ってもらったものだ。白いシリコンの男根型で、クリトリス用に二股に分かれている。

いつの間に降り始めたのか、目の前の窓に、雨が当たっていた。空にはどんよりとした厚い雲が広がっている。

「天気予報、また外れたな」

そう思った瞬間、ピカッと空が光った。数秒遅れて、ゴロゴロと雷の音が響く。激しい雷雨になりそうだ。

私は部屋着にしているタンクトップの中に手を入れた。ブラジャーをしていないので、すぐに乳房に触れる。すでに乳首が硬くなっていた。

「はぁ」

溜息がこぼれた。机の上の更紗の写メを見ながら、乳首を悪戯する。中指と親指で優しく小刻みに摘み続けた。切ない痛みが乳房の芯を走り抜けていく。

「更紗、あなたがいけないんだからね」

私はミニスカートの中に手を伸ばすと、Tバックのショーツに指を引っ掛け、膝まで引き下ろした。そしてバイブレーターを手に取る。

先端を性器に宛がう。小説を書いているときから、すでに濡れていたのはわかっていた。ちょっと沈めると、じわっと潤みが溢れた。

私はスイッチを入れる。ブーンというモーター音が部屋に響いた。そのまま手首に力を込め、バイブレーターを奥まで突っ込んでいく。

「あううううっ！」

椅子の上で、大きく開いた両足を突っ張り、私は頭を仰け反らせる。きつく目を閉じた。振動するもう一つの先端が、勃起したクリトリスを捉える。

「あああっ、凄い」

息が出来ない。苦しかった。それなのに、勝手に手首が動いてしまう。淫らな音が性器から溢れた。気持ち良過ぎて、涙が出る。

もう止まらなかった。夢中で手を動かし続ける。すぐにその兆しが来た。

「あぁっ、更紗！」

私は全身を硬直させ、快楽の絶頂を嚙み締めた。そのときにまた、窓の外で稲光が走った。

＊

キオスクで受け取った新聞を、通学途中の駅のホームで広げる。そこには私が書いている官能小説が掲載されていた。

親友の更紗を実在のモデルとして書いたスポニチの連載小説は、順調に進んでいた。私は同性でありながら、更紗に恋愛感情を持っている。その恋心を歪んだ形で表現することによって、自分の中に渦巻く熱い思いを、封じ込めていた。言ってみればこの小説は、倒錯した私の恋の告白なのかもしれない。

恋愛に目覚めた頃からバイセクシャルだった私は、恋愛対象に性別は関係なく、恋に落ちた相手がすべてだった。男とか女とかではなく、その人という人格に恋するのである。

だからと言って、そんな考えはまだまだ世の中では認められてはいない。

どんなに私が真剣に切ない思いを訴えたところで、相手が女の子だった場合は、単に気持ち悪がられるだけの話だ。

だから私は、更紗への思いを心の奥底に封じ込め、それを小説にしてしまったのだ。

自分と性的な関係にある年上の男友達の山崎さんと、愛する更紗の二人に、私が書く小説の世界の中で、思いっきり淫らなことをさせてしまう。

それによって私の淫靡《いんび》な欲求は密かに満たされ、心のバランスを保つことができるのだった。

ところが私が思いっきり私的に使っているはずのこの小説が、なぜか読者には大変な評判となってしまい、私の公式ホームページの掲示板では、かつてないほどの反響が寄せられていた。

　なんだか不思議な気分だった。

　連載が始まって一ヶ月が過ぎた。今夜も更紗が私の部屋に泊まりに来ている。

「ちょっと更紗、あなた酔っ払ってるでしょ？」

「何よ、薫ったら怖い顔しちゃって。あたしはお酒を飲んでるのよ。酔っ払って何が悪いの。お酒飲んでなくて酔っ払ってるなら怒られてもしょうがないけど、お酒飲んで酔っ払って、いったい何が悪いのよー」

　更紗が呂律の回らない口調で私に絡んでくる。頬は真っ赤に染まり、目は半開きでちょっと虚ろだった。

「何を訳のわからないこと言ってるの。どうでもいいけど、玄関先で裸になるのは止めた方がいいわよ。せめてドアくらい閉めてからにすれば」

「ドア？　いいじゃない。見たいやつには見せてあげればいいのよ。あたしは飲んできて、お風呂に入りたいの。お風呂に入るのに、何で裸になっちゃいけないのよ。薫はあたしに服を着たままお風呂に入れっていうの？」

　更紗は完全に酔っ払っていた。私は玄関先で靴も脱がずに全裸になった彼女の手を引っ張って室内に入れると、慌てて後ろ手にドアを閉めた。

更紗の靴を脱がすと、そのままバスルームに押し込めようとする。

「ねえ、薫も一緒に入りましょうよ。久しぶりに洗いっこしましょう」

更紗が私に抱きついてくる。思わず私も彼女の体に手を廻してしまう。柔らかい体だった。視線が絡む。ドキドキした。

「私も一緒に入ろうかな」

更紗が無言で頷いた。私は彼女から体を離すと、その場で服を脱ぎ出す。

室内着にしているピンク色のタンクトップと白いショートパンツを足元に落とした。ブラジャーは着けていない。自宅ではいつもノーブラだった。

そこまで脱いで、更紗を見る。全裸で立ち尽くす彼女は、バスルームの入口の壁に肩を寄り掛からせたまま、じっと私を見つめていた。

その視線を意識しながら、私はショーツを脱いでいく。

全裸になった私は、酔っ払って満足に歩くことさえできない更紗を抱きかかえ、ゆっくりとバスルームに入っていった。

抱き合ったまま、シャワーのレバーを廻す。二人の頭上から、温水が降り注いだ。

二人の髪が濡れ、お湯が顔の表面を流れていく。水蒸気に混じって、更紗の熱い息が私に降り掛かった。

私はボディソープをたっぷりと手に取り、彼女の体に塗りたくる。細くしなやかな体をゆっくりと泡塗れにしていった。二の腕、首筋、鎖骨の窪《くぼ》み、そして豊かな乳房。すべてが蕩けるほど柔らかい。

くすぐったいのか、更紗が笑いながら体を捩《よじ》る。だけど、私は彼女を許してあげない。

「薫、くすぐったいよ」

「だめよ、酔っ払って夜中にいきなり押し掛けて来た罰よ」

私の手が彼女の脇腹を滑り降り、そのまま下腹部に流れる。一瞬だけ、アンダーヘアに触れてしまった。しっとり柔らかなヘアだった。

更紗の吐く息が、さらに湿り気を増す。

「恥ずかしいよ」

更紗がそう言って目を閉じる。それが彼女の降参のシグナルのような気がして、私はいつもと主客が逆転したこの関係に興奮した。

更紗のアロママッサージのお店では、私がオイル塗れの指で悪戯をされていた。彼女の指先によって、いつも私は恥ずかしい思いをさせられてきたのだ。今夜はその仕返しができそうだった。

私は指先を、さらに彼女の秘めやかな部分に進める。

更紗は濡れていた。溢れ出した潤みが、私の指先を汚していく。そして、それが私の興奮を高めてしまう。

「ああっ」

彼女の呼吸に、掠れた声が混じる。それが堪らないくらい色っぽい。

彼女の肌に指先を滑らせるだけで、私の性器も潤みを溢れさせてしまった。むしろ、私の方が激しく濡れているかもしれない。それを悟られないように、太腿をそっと閉じ合わせた。

しかし、酔った彼女が私にしな垂れ掛かり、その細い膝が私の太腿を割って入ってくる。

「はあっ」

更紗に気づかれないように意識していたのに、思わず声が漏れてしまう。更紗が目を開ける。二人の視線が絡み合う。

「薫も熱くなってる」

共犯者の顔をした私達は、気がつくと唇を合わせていた。彼女の舌が私の舌を探り当てる。

私は夢中でそれを吸った。

更紗とキスをしたのは、別にこれが初めてではなかった。今までも酔った勢いで、ふざけてしたことは何度かあった。

もちろんそれは飲み会の席などでみんなの前でした軽いのりの遊びであって、ゲームみたいなものだった。

しかし、今回は違った。二人っきりのときに、しかもバスルームでお互いに裸になった状態で、舌を絡め合うようなディープキスをしたのだ。こんなことをしたのは初めてだった。

酔っ払って正体不明の更紗を、まったくの素面《しらふ》の私がバスルームの壁に押さえ付けてキスしている。暴走を始めた私の指先は、さっきから彼女の性器の襞をゆっくりと撫で上げながら、その潤いを感じていた。

私の指先に反応するように、更紗が体を震わせる。私はちょっとだけ罪悪感を覚えながらも、悪魔の囁きに負けて、理性を意識的に排除しようとしていた。

更紗のクレバスに沿って、返した中指を何度も往復させる。その度に彼女が啜《すす》り泣きのような声を漏らす。私は自分自身にするときのように、更紗の性器を優しく嬲《なぶ》る。

中学時代からの友人にこんなことをするのはすごく恥ずかしかったが、もはやブレーキは掛けられなかった。今は指先だけに意識を集中する。

「薫、そんなこと……」

何か言い掛けた更紗の口を、私は激しいキスで強引に塞いだ。

舌を深く差し込む。観念したのか、すぐに更紗の方から私の舌を吸い始めた。交じり合った唾液を啜り合いながら、舌先を絡める。

私の指先が柔らかな包皮を捲り上げ、その下にひっそりと隠れていたクリトリスを見つけ出した。中指の腹で、そっと苛める。すぐに充血し、硬くなってきた。

「んんんっ」

舌を絡め合ったまま、更紗が苦しげに声を漏らす。更紗の吐く息は、モルトウイスキーの香りがした。いったいどんな人と飲んで来たのだろうか？　彼女の恋人である直人が、あの若さでウイスキーなんかを飲むことはあまり考えられなかった。恐らくは年配の男性。更紗が「先生」と呼んでいるあの人だろうか？

彼女の勧めるアロママッサージ店の常連客で、私の書くスポニチの連載小説のモデルにさせてもらっている男性。

泥酔した更紗が縄で縛られ、バイブレーターで陵辱されたシーンを思い出した。自分で勝手に書いた小説なのに、なんだかそれが本当の事のような気がして、私はその男に嫉妬《しっと》する。

悔しくなって、目の前の更紗の乳房に吸い付く。乱暴に乳首を吸い上げた。

「ああっ、薫」

更紗の声がバスルームに響く。私の歯が硬く尖った乳首に刺さった。

シャワーの湯が頭に降り注ぐ。更紗の指が私の髪の毛に優しく絡み付いてきた。そのまま頭を抱きかかえられる。彼女の体から力が抜けていくのがわかった。

気がつくと、更紗はずるずると崩れ落ち、床にペタンと座り込んでいた。

「いたぁーい」

呂律の回らぬ口調で、更紗が小さな声を上げる。バスルームで崩れ落ちた拍子に、壁に後頭部をぶつけたようだ。おどけた様子で頭を撫でている。

それを見て、私も思わず吹き出してしまった。二人で顔を見合わせ、大笑いをする。酔っ払っている更紗は、まるで壊れたオモチャのように、笑い続けていた。私も止まらなくなる。

それで二人の間に流れていた妖しい空気が、すべて吹き飛んでしまった。そうなると、今までしていた行為が、ひどく恥ずかしいことに感じられる。

照れた私達は、視線を合わせることができなくなってしまった。

「そろそろ出ようか？」

どちらともなくそう言い出すと、体に付いた泡を落としてバスルームを出た。お互いに背を向けて、バスタオルで体を拭く。妙に意識してしまった。

更紗はそのまま、私の用意したショーツとTシャツを着ると、私のベッドに潜り込んでしまった。

「髪、濡れたままだと風邪ひくよ」

私が声を掛けたときには、すでに微かな寝息を立てていた。

「なんだ、寝ちゃったの」

惜しいような、それでいてほっとしたような、なんだか複雑な心境だった。

私も彼女の隣に体を滑り込ませる。ベッドの中で、二の腕が当たった。触れ合った肌がひんやりとして気持ち良い。

「更紗、オヤスミ」

私は彼女のおでこにチュッとキスをすると、部屋の灯りを消した。

目が覚めたのは、すでに正午近かった。窓から差し込む陽光の高さに、私は目を細める。

「今、何時？」

身動きした私の気配を感じたのか、更紗も小さな欠伸《あくび》をしながら、体を起こした。

「もうすぐお昼よ」

「けっこう寝たね」

「そうでもないわよ。あなたがいきなり押し掛けて来たの、何時だったか覚えてる？」

「全然」

更紗が舌をペロリと出して、頭を掻いている。

「朝の四時よ。まったく」

「薫、ごめんねー」

しかし、言葉とは裏腹に、更紗は少しもすまなさそうにはしていない。

「まあ、更紗のそういうのには、もう慣れちゃったけどね」

私は起き出して、キッチンに向かう。ブルーマウンテンの缶を取り出し、中の豆をスプーンを使ってコーヒーメイカーに入れた。ダイヤルスイッチを廻すと、派手な音を立て豆が挽《ひ》かれていく。

「いい匂い」

更紗が服を着替えている。Tシャツを脱いだときに裸の背中が見えた。昨夜のバスルームでの事を思い出して、私はドキドキした。

「コーヒーとヨーグルトくらいしかないけど」

「うん、充分。どうせ二日酔いで食欲ないし」

昨夜の事はお互いに口にしない。あれはあくまでもあのときだけ。陽の光の下では口にしてはいけない事なのだ。私は更紗の横顔を盗み見て、溜息をついた。

5　告白

六本木のアマンドの前の交差点を渡ってすぐの路地を入ると、そのビルはあった。入口は大通りの反対側にあって、そんな場所にもかかわらず、人通りはほとんどない。

ビルの狭い階段を上がると、二階に古びた鉄の扉が見えた。「SMフェティッシュバー・プリズン」と書かれた真っ赤な看板だけが、やけに目を引く。

山崎さんに手を引かれ、私は店内に足を踏み入れた。いきなり目の前に大きな鳥籠《とりかご》のような鉄柵の檻《おり》が現れて驚かされる。

中には後ろ手に麻縄で緊縛された女性が、閉じ込められていた。美しい顔が切なげに歪んでいる。

「大丈夫、おいで」

山崎さんはまったく臆することなく、薄暗い店内を奥の方に向かってどんどんと歩いていく。私も慌ててその後を追った。

テーブル席が八セット。カウンターはない。正面に小さなステージがあって、その中央には細い銀の支柱が立っていた。

「ショータイムに、ポールダンスをやるのよ」

席に着いた私の隣に、どう見ても私より年下にしか見えない女の子が座りながらそう言った。

上半身は銀ラメの極小ビキニだけ、同色のスカートは意味をなさない短さで、下着の半分以上が見えてしまっている。黒いエナメルのTバックから剝き出しになったお尻は、キュッと上がっていてカッコ良かった。引き締まった細い体が眩しい。

「レイカっていいます。お客さん、美人ですね」

彼女がお絞りを渡してくれる。それを受け取ろうとすると、いきなり手を握り締められた。手の甲をペロリと舐められる。

「きゃっ」

驚いた私を山崎さんが面白そうに見ていた。

店内には六、七人の女の子がお客さんに付いたり、水割りのグラスを運んだりしていた。どの子もボンテージやランジェリーだけで、ほとんど半裸に近い服装をしている。妖しげなカクテル光線が揺らめく薄暗い店内に、彼女達の姿はひどく溶け込んで見えた。

「私達ってなんだか似てません？」

レイカが私の手を握り締めたまま、そう囁く。

「ほんとだ。なんだか双子の姉妹みたいだな」

顔中に十数個のピアスをつけた女の子を隣に侍《はべ》らせた山崎さんが、愉快そうに私とレイカを交互に指差した。

この店には私から山崎さんにお願いして連れて来てもらっていた。昨夜、泥酔して私の部屋に転がり込んで来た更紗からウイスキーの匂いがしたので問い詰めたら、最近よく遊んでいる「先生」と一緒にこの店に来たのだと告白した。彼女が持っていたお店の女の子の名刺に書かれていた住所を頼りに、私は山崎さんにこの店に連れてきてもらったのだ。

私のキスと愛撫を受け入れるほど泥酔した更紗が、いったいどんな店で遊んできたのか、私には興味があった。ちょうどスポニチで連載している小説の取材にもなると思い、愛人の山崎さんを誘ってみたのだ。

「あらぁ、山崎さん、今夜も来たの？」

ウイスキーのボトルを持ってきた三人目の女性が山崎さんに声を掛けた。

「えっ、今夜もって？」

私は席に着いた女の子の言葉が引っ掛かっていた。

この店には私が頼んで山崎さんに連れてきてもらったのだ。店の場所を探したのも私だった。もちろん、彼は初めてのはずだった。

そのことが気になって、山崎さんに話し掛けようとしたが、ピアスの子とすでに盛り上がっていた。

「薫、この子、乳首にもピアスしてるんだってさ」

「乳首だけじゃないですよ。もっとすごいとこにもしてます」

「全部でいくつしてるの？」

「当ててください。もし当たったら、この場で全部見せてあげますから」

水割りで乾杯した勢いで、二人は大はしゃぎをしている。話に割って入れそうもない。

三人目の子は、青白い顔をした痩せ細った女性で、体中にタトゥーをしていた。シースルーのタンクトップからその絵柄が透けて見える。私はその子に話し掛けてみた。

「その絵、きれいですね」

女の子が笑顔になる。

「幽霊なんですよ」

「えっ？」

「あたし、怖いものが好きなんです」

よく見ると、それは柳の下で恨めしげな顔をした女の絵だった。背筋がぞっとするほど薄気味が悪い。

「きれいな絵ですね」

「嘘、気味が悪いと思ったんじゃないですか？」

彼女自身が幽霊のように見えた。私は慌てて話題を変える。

「山崎さんって、前にもこの店に来たことあるんですか？」

私は山崎さんに聞こえないように、そっと幽霊女に囁いた。

「どうだったかな？」

彼女は空いたアイスペールを摑むと、氷を取りに席を立ってしまった。私はその背中を見送る。

幽霊が私を見つめていた。

「お名前は何ていうんですか？」

いつの間にかレイカが私にぴったりと体を寄せてきていた。

「薫です」

「きれいな名前ですね。女優さんみたい」

「そうですか。古臭くないですか？」

「すごくあなたに合った名前だと思う」

レイカはしゃべっている間、一度も私から視線を逸らさなかった。瞬きさえしないように感じる。

「あ、ありがとう」

「ねえ、キスしてもいい」

「えっ、キス、ですか？」

「そう、薫さんとキスしたい」

「い、いきなりそんなことを言われても」

レイカはその間も視線をまったく逸らさない。だんだんと顔が近づいてきた。彼女の吐く息が掛かる。

私は昨夜の更紗との熱いキスを思い出してしまった。体が熱い。

助けてもらおうと思い、視線の片隅で山崎さんを探したが、ピアス女のニップルリングを指でいじって遊んでいた。私のことなんて忘れているようだ。

レイカの顔が近づいてくる。もう唇と唇が触れ合う寸前まできていた。

「薫さん、きれいよ」

彼女が話すと、それだけで唇が触れ合ってしまいそうになる。私は緊張して動けなくなった。

店内の照明がさらに暗くなった。スポットライトがステージに向かって伸びる。派手なビートのロックが大音量で流れ始めた。その音楽に乗って、一人の女の子がステージに登場する。黒いストレッチ素材のボディコンシャスなワンピースが雌豹のようにしなやかな体に張り付いていた。

その子がステージに立っている銀のポールに摑まると、あっという間にスルスルと天井近くまで上ってしまった。

「ショータイムが始まるのよ」

そう囁いた瞬間、レイカの唇が私の唇に触れた。逃げようと思えば逃げられたのに、私の体は動かなかった。そのまま数秒間の甘いくちづけが続く。

レイカが私の体を抱き寄せる。彼女の細い手が、するりと私の胸元に滑り込んできた。そのままブラジャーのカップの中に忍び込み、人差し指と親指で乳首を摘まれる。

私は他のお客さん達のことが気になって、慌てて周囲を見渡した。しかし、ほぼ満席の客達は、誰もがステージ上のパフォーマンスに夢中になっている。こちらを気にしている人は、誰もいないようだった。

女の子がポールに足だけで絡みつき、体を逆さまにしている。スカートは腰まで完全に捲れ、真っ赤なショーツが剝き出しになっていた。スポットライトが当たった太腿が、白く浮き上がり艶かしい。

ポールに絡み付きながら、女の子の体がクルクルと回った。客達が拍手をする。女の子の体は一度も床に下りず、ずっと一本のポールに絡み付いたままだ。

レイカの指先に力が入る。私は乳首を貫く甘美な刺激に、体の力が抜けていった。

ウイスキーの酔い。官能的な照明。ステージの上の妖しげなパフォーマンス。人前で淫らなことをされているというのに、なんだかすべてのことがどうでもいいような気がしてくる。

体の奥底が疼《うず》く。沸き起こる欲望に体を投げ出してしまいたくなった。

「更紗、あなたがいけないのよ」

無意識に私は呟いていた。

「何か、言った？」

レイカが私の潤んだ瞳を覗き込みながら聞いた。

「ううん、何でもない。続けて」

「うれしい。うんと良くしてあげるからね」

私とよく似た雰囲気のレイカ。切れ長の目の中に、大きな瞳がキラキラと輝く。その顔はまるで猫のようだった。猫娘レイカが私の唇を奪う。すぐに舌が入ってきた。私もそれに応える。深く激しいディープキスが続く。

私の舌にレイカの舌が纏《まと》わりつく。それは絡みつくというより、まさに纏わりつくという感触だった。何本もの触手によって、私の舌が弄ばれる感じ。

私は慌てて唇を離した。

「何？　どうなってるの」

怪訝《けげん》そうにレイカを見つめる私。レイカは面白そうに笑っていた。

「あたしの舌、こうなってるの」

ベー、という感じでレイカが舌を伸ばす。その先がまるで蛇の舌のように、二つに分かれていた。

「な、何それ？　どうして？」

「スプリット・タンよ。知ってる？」

「うん。でも、本物を見たのは初めて」

「見ただけじゃなくて、スプリット・タンの子とキスしたのも初めてでしょう」

レイカがけらけらと笑った。

何かの本で読んだことがあった。最初は舌にニードルで穴を開け、ピアスを通す。時間を掛けてそのピアスの穴を広げていくのだ。そして最後は剃刀でその先を切り裂く。すると蛇のような割れた舌先が出来上がる。

私はさっきした猫娘レイカとのディープキスの感触を思い浮かべた。それは今までしたどんなキスとも違っていた。

レイカの指が私のワンピースのボタンを外していく。前開きのサマードレスを着ていた私は、たった五つのボタンを外されただけで、ほとんど裸に近い姿にされてしまった。

すぐにブラジャーのホックに指が掛かる。ショーツの中に指が入ってきた瞬間、私は呻き声を上げていた。

「すごい、もう濡れてる」

レイカがわざと回りに聞こえるように、大きな声で言った。

更紗、あなたがいけないのよ。私はゆっくりと目を閉じた。

レイカの指先が私の性器を愛撫する。子宮に届くくらい深く入ってきたかと思うと、次の瞬間には体の外に飛び出していた。その度に内臓を抉り出されるような強烈な刺激が、私の体を突き抜ける。

私の体液でヌルヌルになったレイカの指先が、激しく円を描くように、クリトリスを嬲り始めた。

「あああっ」

人前だというのに、声が漏れてしまう。強過ぎる刺激に、何度も意識が遠退《とおの》き掛けた。

恥ずかしくて、目を開けていられない。しかし、目を閉じてしまうと、快楽の刺激は何倍にも膨れ上がってしまう。私はそのジレンマに喘ぎ続ける。

音楽が止んだ。一瞬の静寂。ショータイムが終わったようだ。それを合図にしたみたいに、私は革製のソファの上に押し倒される。レイカの指がショーツをひき下ろした。私は大勢の人前で全裸にされる。その状況が信じられない。

「薫さん、他のお客さんが見てるよ」

私の耳朶を噛みながら、レイカが囁く。私の性器の中の彼女の指が、二本に増えた。快楽に溺れながら、私は周囲を見回す。多くの客が私達に注目していた。

レイカが私の乳首に吸いつく。時々、歯が当たった。私はその度に顔をしかめるが、すでにそれが苦痛なのか快楽なのか、よくわからなくなっている。

「あああっ、いやっ」

「薫さん、もっと良くしてあげるからね」

レイカが手にした物を私に見せる。ピンク色のバイブレーターだった。レイカと視線を合わせる。彼女の瞳の中に、私は自分の姿を見つけた。

「それ、入れるのね」

「感じている薫さんって、きっとすごくきれいだと思うの。あたし、見てみたい」

レイカがバイブレーターの先端を私の性器に宛がったのを感じる。

店中の客達が、私の姿を見つめていた。男達の視線が突き刺さる。熱かった。抉られた性器が、さらに熱を帯びる。

私はレイカを見つめた。二人の視線はずっと絡み合ったままだ。バイブレーターの先端が沈み込んでくる。恐怖と羞恥に体が震えた。私は覚悟を決める。

「ああっ、入れて。そのバイブで、私に酷いことをして」

「薫さん、すごくきれいよ」

溺れた人が空気を求めるように、私は喘ぎながらレイカの唇を吸った。舌を絡ませ、唾液を啜り合う。二枚の舌が私の舌をめちゃくちゃにした。その舌だけでいきそうになる。激しいキスを続けながら、レイカがバイブレーターを深く突き刺してきた。

「んんんんっ！」

私は全身を硬直させる。それをレイカが上から押さえつけながら、バイブレーターのスイッチを入れた。

「あううううっ！」

全身に電流を流されたように、体が飛び跳ねる。私は店中に響くほどの絶叫を上げ続けた。

「薫さん、いくときはちゃんと教えるのよ。勝手にいったりしちゃだめだからね」

バイブレーターの強烈な振動が子宮に直接響く。

「更紗、助けて！」

私は夢中で叫んでいた。

叫び声を上げた私の唇が、レイカの熱いキスで塞がれる。全身を貫くあまりの快楽に、私は無意識のうちに彼女の舌を啜っていた。

バイブレーターが激しくピストン運動を繰り返す度に、子宮が押し上げられていく。

「薫、すごいな」

ふいに山崎さんの声がした。私は視点の定まらぬ瞳を泳がせて、彼の姿を探す。そのとき、いきなりクリトリスの包皮を捲り上げられ、神経の集中した芽を摘まれた。

「うううううっ」

ソファの上に倒されて、レイカにキスされながらバイブレーターで辱められていた私は、自分の下半身を見ることができない。そのいきなりの刺激に、手足を突っ張るようにして、全身を硬直させた。

「薫、感じるかい？」

山崎さんの声は、大きく開かされた私の下半身の方から聞こえた。クリトリスを指で摘みながら擦り上げているのは、きっと彼に違いない。

私はそのあまりの強烈な刺激から、必死になって逃げようとしてみるが、性器の奥深くバイブレーターを突き立てられ、舌を激しく絡み合わせるようにディープキスをされている状態では、身動きすることさえできそうになかった。

私は自分が、まるでピンホールドされた昆虫採集の蝶のようだと感じる。

「薫、ほら、他のお客さん達がみんな集まってきたよ」

山崎さんの声に驚いて、視線を周囲に巡らせた。私達のソファの周りに、いつの間にか店中の客達が集まってきている。

いくら薄暗い店内とはいえ、私は全裸だった。あまりの恥ずかしさに、目に涙が滲む。レイカが唇を離すと、私の耳の穴に舌を差し入れながら、甘く囁いた。

「薫さん、さあ、みなさんの前で恥ずかしくなるところを見せて」

レイカがバイブレーターの振動をさらに強くした。手の動きも激しくなる。それにシンクロするように、山崎さんの指の動きも速くなった。

「あああっ、それ以上したら……だめ、そんな」

「薫さん、ほら、もういきたいの？」

「いやっ、だめっ」

気がつくと、乳房を見知らぬ男の手が握り潰していた。

「あああっ」

すぐに反対側の乳房にも別の手が伸びる。今度は女性の手だった。左右をまったく違うやり方でそれぞれ自由にされる。

男性の力強い揉み方。女性の柔らかな揉み方。それが左右同時に行われる。襲い掛かる快楽に、意識が朦朧《もうろう》としてきた。

太腿にも数人の手が伸びてくる。アンダーヘアを引っ張られた。乳房にさらに別の手が加わる。

「もうだめ、許して」

頬を大粒の涙が伝う。

「薫さん、いきたいの？」

「そんなこと……」

私はイヤイヤと首を振る。

「みんなの前で気持ち良くなりたいんでしょ？」

「恥ずかしい。許して」

「言うまで、いつまでも許してあげないよ」

レイカの囁き声が、私の意識を支配する。

「お願い、いかせてっ！」

「よく聞こえないわ」

レイカが意地悪をして私を辱める。たくさんの見知らぬ人達が私を見つめていた。私の周りには店中のお客さん達が集まってきている。

五十代くらいの三人組のサラリーマン。一人は細身の長身で、あとの二人はお腹がカエルのように突き出た肥満体型をしていた。みんな目をギラギラさせながら、私の乳房に夢中になっている。

その隣は、三十代後半くらいのＯＬ二人組。どちらもお世辞にも美しいとは言えない容姿で、性格は相当きつそうな印象を受ける。

それに美男美女という感じの二十代のカップル。彼女の方は、さっきまで裸で緊縛されて、鉄の檻に入れられていた子だ。

その後ろから手を伸ばしているのは、年齢不詳のオタク風の単独男性。汗びっしょりになりながら、伸び切った肩までの長髪を何度もかき上げていた。

他にも何人もいるようだった。お店の女の子達も集まってきている。薄暗い店内で、折り重なるようにして、私の周りを囲んでいた。

「お、お願い、いかせて」

「そんな小さな声じゃだめよ。薫さんを見ている人達全員に聞こえるように、もっと大きな声で言って」

全員の視線が突き刺さる。理性が麻痺していく。死ぬほど恥ずかしいと思っていたはずなのに、限界を超えた途端に、それは妖しい快楽にすり替わっていた。

もう、だめだと思った。

「いかせてっ！」

私は大声で叫んだ。レイカの手に力が入ったのを感じる。私は次に来るだろう刺激の波に、全神経を集中させて身構えた。

しかし、その予想は裏切られ、バイブレーターはズルズルと引き抜かれていった。

「ど、どうして？」

レイカと山崎さんによって、体を起こされた。限界を超えていた体には、まったく力が入らず、抵抗することができない。

「薫、もっとすごいことをしてあげるよ」

山崎さんが囁く。二人に体を支えられ、無理やりに立たされた。周囲の人垣の一箇所が開き、そこを通って店の中央に連れて行かれる。

「な、何をするの？」

不安に駆られて、私は山崎さんに助けを求めた。

「心配しなくてもいいよ。薫をもっと感じさせてあげるだけだから」

「怖い」

「私を信じなさい」

山崎さんがそう言って、私の体を抱き締めた。かなり強い力で、私は息ができなくなる。

「山崎さん、苦しいよ」

「薫、私の言うことを聞いてくれるね？」

山崎さんの体から、仄かに男性用の香水の匂いが漂った。私はゆっくりとその香りを胸に吸い込む。鼻の中を通るとき、それが脳を痺れさせていくような気がした。

更紗は彼氏とどんなセックスをするのだろうか？

ふいにそんなことが頭を過《よ》ぎる。彼氏の直人の腕で組み敷かれ、長い黒髪を純白のシーツに撒き散らしている更紗の裸体が目に浮かんだ。そして、その相手はすぐに直人ではなく、私の知らない中年男性の姿に変わった。

私の知らない世界で、更紗は誰かに抱かれている。その妄想は、私をひどく苦しめ、そして淫らな気持ちにさせた。

「山崎さん、私、何でもやります」

更紗のことを想像すると、胸が苦しくなった。切ない思いが、私の胸いっぱいに溢れてしまう。

更紗の瞳が好きだった。更紗のしなやかな体が好きだった。そして、更紗の甘い匂いが好きだった。彼女のすべてに舌を這わせ、その甘美な存在を味わい尽くしたいと思う。

でも、更紗は私の親友で、しかも直人という素敵な恋人までいる。彼女が直人と別れるなんてありえないことだろうし、まして同性の親友である私を愛してくれることなんて、絶対にないことだった。そう思うと、胸が潰れそうに痛んだ。

脳裏に浮かんだ更紗の姿を、頭を振るようにして掻き消す。全裸のまま、自分から歩き出した。

「薫さん、覚悟できてるみたいですね」

レイカが私の腰に手を廻しながら言った。私は山崎さんに手を引かれ、ステージに上がる。

天上から、太めの麻縄が何本も垂れ下がっていた。全裸の私はその下に立たされる。

「薫、縄がその柔らかな肌に吸い込まれ、肉の奥深く食い込んでいく快楽を味わうといいよ」

山崎さんの言葉が、まるで音楽のように私を包む。スポットライトが眩しかった。

気がつくと、肉付きの良い中年女性が、私の側に立っていた。真っ赤なエナメルのワンピースを着ている。大きく開いた胸元から、豊満な乳房がこぼれそうだった。

女性と山崎さんが目配せをした。私はそれに気がつかないふりをする。

「薫、プリズンのママの京香さんだ。薫のことをこれから吊ってくれるから」

「吊る？　私、吊られるの？」

私は天井からぶら下がっている縄を見上げた。その一本にそっと手を伸ばす。思っていたより柔らかく、しっとりと手に馴染んだ。

「今までに何百人もの女の子の汗を吸ってきたからね」

ママが私に笑い掛ける。私は恥ずかしくなって目を閉じた。

「怖い」

「大丈夫よ、思ったほど痛くはないわ。それに、あなただったら、きっと体を締め付ける苦しさは、すぐに気持ち良さに変わると思う」

「気持ち良さに？」

「そうよ。それにしても薫さんって、本当にきれいな体をしているのね。とっても縛りがいがあるわ。久しぶりにドキドキしてきた」

ママが二重にした縄を、慣れた手つきで私の体に巻き付けていく。遠巻きにして、お客さん達が私のそんな姿を眺めている。

男性スタッフがマイクを取り、店内にアナウンスをした。

「本日の最後のショータイム、お客様の飛び入りによる緊縛ショーを行います。京香ママによって宙を舞う絶世の美女は、薫さん。彼女はなんと現役の女子大生。皆様、その幻想的とも言える美しい裸体が責められる姿をお楽しみください」

その間に私は両腕を後ろ手に括られ、足をM字開脚に固定された状態で、天井から吊り上げられていた。体に幾重にも縄が巻きつき、それが絞られていく。爪先が床から離れる。ゆっくりと体が揺れた。縄が肉に染み込むように締められていく。私は目を閉じ、深く息を吐き出した。

京香ママが私の体をそっと押す。まるで振り子のように、私の体は天井から縄で吊られた状態で、ゆらゆらと大きく揺れた。

私はその圧迫感と激しい羞恥に、意識が朦朧としてきた。また縄酔いしているらしい。でも、不思議と気分は悪くない。頭がスーッとしてくる感じだ。

M字に大きく開かれた足の間に、スポットライトが当たる。私の性器は、一切の遮るものもなく、店内のすべての人達に見られていた。体が熱くなる。瞼の裏側が風邪を引いたときのように、熱っぽかった。

「薫さん、濡れてる」

京香ママを押し退けるようにして、レイカが覗き込んできた。

「う、うそです」

私は首を横に振る。しかし、その言葉は弱々しい。自分でもすでに自分の体がどうなっているのか、わからなかった。レイカの言葉を否定するだけの自信がない。

自分の小説の中では、女性が縄で吊られ、鞭打たれる描写も書いた。それはすべて妄想から書いたものだが、まさか本当に自分自身が吊られてしまうとは思ってもいなかった。この状況が現実として受け止められない。

「この状態なら、みなさんにいくところをちゃんと見てもらえますね」

レイカが私のアンダーヘアを指先で梳きながら言った。再び、バイブレーターが性器に宛がわれる。私は縄で緊縛され、天井から吊り下げられているのだ。一切、身動きすることはできない。

こんな状態で、バイブレーターなんて使われたら……そう思っただけで、涙が出てきた。

「あれ、薫さん、泣いているの？」

私は首を横に振る。

「泣いてなんかない」

「そう。だったら、大丈夫ね。入れますよ。いきそうになったら、ちゃんと教えてくださいね」

山崎さんが指先で、私の頬を伝う涙を拭ってくれた。私はその指先に感じてしまう。

バイブレーターがズブズブと入ってきた。そのあまりの圧迫感に、息ができなくなる。

「ああっ」

「ハシタナイ声ですね。まだ、スイッチも入れてないんですよ」

「ああっ、だって……」

私は恨めしげに彼女を見下ろした。ステージの前の客達が、さらに近づいてくる。

全裸で後ろ手に手錠をされ、首に大型犬用の首輪と鎖をつけられた中年男性が、お店の女の子に引き回されているのが見えた。

革製のTバックとネクタイだけを裸につけたマッチョ体型の若い男性の姿も見える。

メイド服の上から麻縄で亀甲縛りされた二十代の女の子もいた。

ウイスキーのボトルをラッパ飲みしている中年のサラリーマン達は、私の体を指差して、何か笑い合っている。

みんなこの店の客だった。それが私の裸を見つめている。死にたいくらい恥ずかしかった。

「じゃあ、そろそろいきますよ」

レイカが笑いながら、スイッチを入れる。

「あうううっ！」

体の中で嵐が起こる。全身の神経をぐるぐると掻き回されたみたいに、私は白目を剝きながら喘ぎ続けた。涎が顎《あご》を伝って、床まで銀色の糸を引く。体が痙攣を繰り返した。もう、何もかもがどうでもよくなる。私は心の戒めを解いた。

目が覚めた。時計を見るとお昼近い。気だるい体をベッドの中で身悶えさせながら、私は寝返りを繰り返す。

なかなか起きる気にならなかった。昨夜の余韻がまだ体に燻《くすぶ》っている。

昨夜、山崎さんと行った「ＳＭフェティッシュバー・プリズン」での倒錯的な体験が蘇った。あれは最近流行《はや》りのハプニングバーというのだろう。客と店が一体となって、狂乱の宴を明け方まで繰り広げていた。

自分の身に起こったことが、今でも信じられない。初めて会った見知らぬ人達の前で裸身を晒し、緊縛された上にバイブレーターでいくところまで見せてしまったのだ。

あんなに乱れたのは、初めてのことだった。快楽の絶頂で気を失い、タクシーで自分の部屋に運ばれたことも、はっきりとは覚えていない。

原因は一つだ。

私の中で更紗への思いが、自分でもどうしようもない形で膨らんでいるからだ。そのやり切れぬ思いを誤魔化すために、私は山崎さんとの倒錯的な関係に進んで身を投げ出す。

そのとき、インターフォンが鳴った。壁に掛かった受話器を取る。尋ねてきたのは更紗だった。

私は時計を見た。いつもより早い。水曜日が休日の彼女とは、毎週一緒にお昼を食べていた。私も水曜日は授業がないのだ。玄関に行って、ドアを開ける。

「なんだ、まだ寝てたの？」

ボサボサの髪にノーメイク、タンクトップとコットンのショーツだけという私の姿を見て、更紗が笑った。

「うん。昨夜はちょっと遅くてね」

まさか更紗が一昨日行ったプリズンという店に、自分も行ってきたとは言えない。そのことは黙っていた。

「それにしてもすごい格好。セクシーなんだか、そうでないんだか、わかんないね」

私はそう言われて恥ずかしくなり、ノーブラの胸を慌てて腕で隠した。

「上がってて。私はシャワー浴びてくるから」

近所のスーパーの袋を提げた更紗が私に続いて部屋に入る。袋からは長ネギと乾麺が覗いていた。

「今日はお蕎麦だよ」

私の視線の先を目で追った彼女が、チャーミングな笑顔で答える。顔に掛かった髪が一本、彼女の唇に張り付いていた。それがひどく色っぽく見える。

私はこのまま彼女のことをベッドに押し倒してしまいたい衝動を、必死になって堪《こら》えた。女友達を強引に押し倒すような男性の気持ちが、満更わからないでもない。

「直人君とは最近どうなの？」

バスルームの前でタンクトップを脱ぎながら、私は気になっていたことをさりげなく聞く。私の声に不自然さはなかっただろうか？

「うーん、それがちょっとね」

「えっ、何かあったの？」

私の声が上ずる。

「何かあったんじゃなくて、何もないんだよね」

「何もない？」

「最近、仕事が忙しいみたいでさ、全然会えないんだ」

更紗が寂しげに俯《うつむ》いた。

「いくら仕事が忙しいっていっても、デートくらいする時間はあるんじゃない？　男の人って、仕事を頑張るためには、かえって女と遊ぶものだって聞いたことあるけど」

まな板の上で薬味の葱《ねぎ》を切っていた更紗が振り返る。

「彼は新しいお店の立ち上げのチーフなのよ。すぐ近くに有名なヘアサロンが乱立している激戦区で戦っていて、今が一番重要な時期なの。彼が仕事で頑張っているんだから、あたしがデートしたいとかそんな我儘《わがまま》は言えないでしょう。今は直人のこと、本気で応援してあげたいの」

でも、そう言った更紗の顔は、すごく寂しそうだった。

「そうだ。例のお店の常連さんとは、その後も会ってるの？」

「先生のこと？　毎週のように会ってる。薫のスポニチの連載に、何かネタを提供しなくちゃいけないでしょう」

「ありがとう。でも、別に私に言い訳なんかしなくてもいいのよ」

「い、言い訳なんかじゃないわ」

更紗が少しむきになって私を睨む。

「ちょ、ちょっと、包丁持ったままそんな怖い顔しないでよ」

更紗が自分の手に持った包丁に気づき、慌ててそれをまな板の上に置く。

「あっ、ごめん」

「それで先生とはどんな関係なの？　一昨日だって、あんなに酔っ払うまで妖しげなお店で遊んでいたんでしょう」

　興味本位で覗きに行った私の方が、思いっきり淫らなことをしてきたとはもちろん言わない。

「実は薫の小説みたいな関係に、ほんとになっちゃってる」

「う、嘘！」

「だって直人と会えなくて寂しかったんだもん。あたしだって生身の女だからね」

「SMみたいなこと、してるの？」

「まあ、ね」

　私はその先生と呼ばれる、会ったこともない男性に、激しく嫉妬した。

　私は小説の中で、その男性に更紗のことを陵辱させた。部屋に行かせ、彼女を緊縛させ、バイブレーターで犯させたのだ。さらにそれから二人をSMの関係に発展させた。

「飲みに行くくらいの関係じゃなかったの？」

「それがね、彼もスポニチの愛読者で、毎朝読んでいたみたいなの。それで薫の連載小説を読んでいて、登場するヒロインが更紗でしょう。あたしの本名そのものだし、仕事も同じだし、すぐにわかったみたい。小説に書かれていることを全部実際にやってみようってことになって、あたしもなんだか興味あったし……」

「それでやったの？」

「う、うん」

私が山崎さんと更紗をイメージして書いた小説を、彼女は先生と呼ばれる年上のボーイフレンドと実践してしまったのだ。

私はあまりのショックに口も利けなくなる。ショーツ一枚の裸のまま、キッチンで呆然と立ち尽くしていた。

「じゃあ、これから私が小説に書くことも、あなた達は実際にやるのね」

私のその言葉に、更紗は恥ずかしそうに頷いた。

パソコンの前で手が止まった。キーボードの上の指先が、さっきから少しも動いていない。どうしよう。私は髪を掻き毟《むし》った。

スポニチの連載は四ヶ月間、毎日だった。新聞休刊日の特別編も含めて、全一一九話を書く契約になっている。担当者の牧村さんとは、毎日の原稿を掲載日の十日前までにメールで納品する約束になっていたが、それがこの三日間、締め切りを過ぎても納品できないでいた。

更紗の言葉が頭を過ぎる。私が書いた小説が、十日後にはスポニチの紙面に掲載されるのだ。それを読んだ「先生」と呼ばれる私の知らない男性と、私の愛する更紗が、小説の描写と同じことをしてしまう。それが私の足枷《あしかせ》となって、身動き出来なくさせていた。

メールソフトを立ち上げると、牧村さんからメールが来ていた。ダブル・クリックして開く。予想通り、原稿の催促だった。

「あーあ、どうしよう」

私は画面に向かって呟く。よく見ると、牧村さんのメールには、その先があった。

「なになに、長崎さんの大ファンという女子高生が、当社に原稿を持ち込んできました、ですって。一読したところ、なかなかおもしろい作品だったので、長崎さんの次の連載に採用することを検討中です。ふーん、女子大生官能小説家の次は、女子高生ってわけね？　スポニチも色々と仕掛けるわねぇ。それで、えーと。長崎さんにも本人を面接していただければ……ですって」

私は液晶モニターを見ながら、牧村さんのメールを声を出して読んでいた。

私の連載はまだ二ヶ月近く残っていた。その間、更紗のことを小説に書かなくてはいけない。まさかいまさらヒロインを変更するわけにもいかない。しかし、その書き方に気をつけないと、とんでもないことになってしまう。

新しいネタ探しに、私はその女子高生と会ってみる気になっていた。官能小説家志望の女子高生。まるで、何年か前の私のようだと思ったことも、会ってみる気になった理由の一つだった。

「どんな子かなぁ？　かわいい子だといいな」

そんな不謹慎なことを考えながらも、とりあえず催促された原稿に取り掛かろうと、私はキーボードを打ち始めた。

6　小説『嘘つきな子猫』後編

夕方になって電話が鳴った。あたしは心臓がキューッと締めつけられる思いで受話器を取った。

待ちに待った先生の声。無機質な受話器を通して、それが熱を帯びた形であたしの体を突き抜ける。耳から入った彼の言葉は一瞬にしてたちまち子宮にまで響いた。

「更紗、聞いているのか？」

ちょっといらだったような彼の声に、慌てて受話器を握り締める。

「はい。ちゃんと聞いています」

「また淫らな妄想でもしていたんじゃないか？」

「そ、そんなこと、ありません」

先生の言葉、あたしは少し慌てた。

あたしはちょっと怒ったような、それでいて少し媚《こ》びを含んだ声で、先生に言い返す。でも、先生の言うことは当たっていた。彼はどうしてこんなにもあたしの気持ちがわかるのだろう。最近では先生との倒錯的で淫らな関係が、あたしの心の多くの部分を支配していた。

「今どんな格好しているんだ？」

「スエットにTシャツです」

「なんだ、色気ないなぁ。それ、脱いでしまいなさい」

「えっ？」

「裸になりなさい」

いきなりの先生の命令。しかも電話でだった。どうせ先生には見えないのだから、本当に脱ぐ必要はないのだとわかっていたが、それでもあたしは受話器を持ったまま、素直に服を脱いでいく。

「下着も全部です」

先生の声に促されて、あたしは全裸になる。灯りをつけた部屋の窓ガラスに、あたしの全裸の姿が映っている。

「全部、脱ぎました」

「いいですか。この電話が終わったらすぐにピザ屋に出前を頼んでください。すぐにです。それから玄関の外に『今、手が離せません。代金は玄関の中においてあるので、勝手にドアを開けてピザを置いていってください』と、張り紙をしてください。わかりましたか？」

「は、はい」

「私は今からちょうど三十分後にそちらへ行きます。自分で目隠しをして、玄関の鍵を開けたまま、その前でオナニーして待っていてください」

「そ、そんなこと！　もしも先生よりも先にピザ屋さんが来たら？」

「そのときは見られながら、そのまま続けるしかないでしょう。わかりましたね」

「む、無理です」

それで電話は切れた。あたしは呆然として受話器を置く。どうしていいかわからなかった。ふいに、この間出会った理花のことが脳裏に浮かぶ。彼女の寂しそうな笑顔。

私は顔を上げた。体が勝手に動き出した。

すぐに電話帳をめくると、一番近くのピザ屋に、シーフードのピザを一枚注文する。シーフードは先生の大好物だった。こんなときにも無意識に先生の好みを考えてしまう。

注文を終えると、あたしは部屋に飾ってあったカレンダーの十月のページを破る。その裏の白紙の部分に黒い油性マジックで先ほど先生に言われたことをそのまま書いた。

それが終わると、玄関ドアの鍵を外し、少しだけドアを開けて外を覗く。幸い外には誰もいなかった。あたしは全裸のままサンダルを突っかけ、外に出る。玄関ドアの外側によく見えるようにカレンダーで作った伝言を張りつけた。

ピザを注文してからすでに五分が過ぎていた。ピザなど出前を取ったことがないので、いったいどれくらいで持ってくるものなのかわからなかったが、電話帳に出ていた住所からすれば、バイクなら五分もかからない距離だろう。

あたしは部屋の中をそわそわと歩き回る。先生が先にくればいいが、もしピザ屋さんが先にきたら……

想像するだけで体が熱くなった。

先日のホテルでのパーティー以来、先生との淫らな行為の中で、露出的な服装で素肌を人前に晒したことは何度もあった。しかし、オナニーしている姿を見知らぬ他人に見せたことなど一度もない。そんな恥ずかしいことは絶対にできないと思った。

でも……本当にそうだろうか？

自分の指先で性器を押し開き、快楽に溺れていく姿を、見知らぬ男に見られる。あたしはその行為を想像してみた。

その男はいったいどう思うのだろうか？

変態女だと軽蔑するだろうか？　それとも興奮してあたしの体を凝視するのだろうか？　いきなり襲いかかられるかもしれない。平気で自分の自慰行為を見せるような女だ。たとえレイプされたって文句は言えないと思う。相手の男だって、きっとそう思うに違いない。

怖い。あたしはその想像に震えた。そんなことを考えているうちに二十分以上が過ぎてしまった。もう迷っている時間はなかった。

あたしは考えることを止めた。すべては先生の求めるままに任せよう。あたしは心の束縛から逃れるために、そう決めたのだから。

クローゼットから皮製のアイマスクを取り出すと、玄関ドアの前で体を横たえた。

アイマスクを目に当て、頭の後ろでベルトを固定する。暗闇に包まれ、微かな光さえも失う。しかし、何かを失うと代わりに見えてくるものがある。あたしの心は安らいでいった。

ドアに向かって両足を大きく開いた姿で仰向けになる。フロアリングの床がひんやりとして気持ちがいい。ゆっくりとクリトリスを剝き出しにして、中指と薬指を使って刺激した。空いた手で乳首を弄ぶ。すぐに欲望の波が襲ってきた。

先生の指に慣れてきた体は、自分でも信じられないくらい快楽に従順だ。大量に溢れ出した体液で、指先がぐちゃぐちゃになる。それを塗り込めるようにしてクリトリスへの刺激をさらに強くした。すぐにいきそうになるのを我慢する。まだだめだ。

そのとき、廊下を歩いてくる足音が聞こえた。ずっしりとした足取り。男性のものだ。瞬時に快感が消え去り、あたしは全身を凍りつかせる。クリトリスに指を当てたまま、身動きさえできずに耳を澄ませた。

足音はどんどん近づいてくる。そしてあたしの部屋の前で止まった。一枚のドアを通して、一人の男と全裸の女が向き合っている。

あたしは恐怖と羞恥で全身をがくがくと震わせた。もう息をすることさえできない。果たして先生だろうか？　それともピザ屋さんだろうか？　ドアはなかなか開かない。立ち止まった足音の主は、あたしが書いた伝言を読んでいるのだろう。まったく音がしない。

あたしは身動きさえできない状態でじっと耳を澄ませた。本当は恐怖で叫び出したいくらいなのに、それができない。

あたしは心の目でドアを見つめ続ける。ほんの数秒の時間が何時間にも感じた。ドアノブに誰かの手が掛かる音がする。ゆっくりと開かれる音。先生？　それとも……。

扉が開いた。

闇の中であたしは心の目を見開く。外の空気の匂いが鼻の奥をツンとさせた。聞き慣れたはずのドアの音が、やけに重く聞こえる。見えないというだけで、すべてが別の世界を感じさせた。

あたしは恐怖の中で、必死に感覚を研ぎ澄ます。

先生だろうか？　それとも、ピザ屋さんだろうか？

靴の踵《かかと》を時折擦り付けるような、鈍く重い靴音。扉の前までゆっくりと近づいてきたその足音の感じで、それが男のものであろうことは想像できた。しかし、先生であるという確証は得られない。

全裸の体に鳥肌が立つ。細い体をさらに萎縮《いしゅく》させながら、相手の反応を待った。

男が室内に足を踏み入れた気配を感じる。男の口からは何の言葉も発せられない。ただ、通常より荒くなったような息遣いだけが聞こえてきた。

沈黙が怖い。男は何を考えているのだろうか？　戸惑いだろうか？　それとも荒々しい性欲を掻き立てているのだろうか？

男の息遣いだけを感じる。空気が吸われ、肺に入る。吐き出され、また、吸われる。目隠しによる真っ暗な闇の中で、あたしはその音だけにじっと全神経を集中していた。限界まで開かれたあたしの体。目隠しの下からでも、あたしは男の強い視線を感じる。それが何十本もの触手となって、あたしの肉体に愛撫を与えた。

いつまでたっても、男は一切の言葉を口にしない。遮断された視界の中では、男の沈黙による静寂は暴力に等しい。あたしはその冷たく残酷な力によって、すでにレイプされているような錯覚に陥っていった。

乳首が硬くなっていくのがわかる。空気に触れている唇と性器という二つの粘膜が、あたしの理性が感じている恐怖と苦痛と屈辱とを無視して、勝手な欲情を露にしていた。

怖い。恥ずかしい。逃げたい。

肉体と精神は常に一つではありえないことを、あたしは自分の体で思い知る。あたしは膝を立て、体をさらに大きく開いた。まるで、男を誘うかのように。

次の瞬間、体重が掛かった。男の息遣いを間近に感じる。乳房を力任せに鷲づかみにされ、押し潰された。軍手の感触だった。鋭い痛みを感じる。愛撫などとはほど遠い、一方通行の暴力にしか感じられないような、傲慢で稚拙で身勝手な行為だった。乳房の形が無残なくらいに変形するほど、激しく揉みしだかれる。

耳朶を口に含まれた。ピアスに男の歯が当たる。カチンと金属質な響きが鼓膜に響いた。耳の穴に、唾液が流し込まれる。耳朶を飴玉のようにしゃぶり続けられた。

不意に、安物のコロンの匂いに包まれる。初めて嗅ぐ香りだった。先生が愛用しているものとはまったく違う。凄まじいほどの恐怖が、一瞬にして全身に広がっていく。

先生じゃない！　あたしの先生じゃない！

慌てて体を起こそうとすると、髪を鷲づかみにされて、後頭部を激しく床に叩きつけられた。強い衝撃が襲う。

「助けて！」

男の手があたしの叫び声を口ごと塞いだ。男の暴力に、目隠しをしたままのあたしは逃げることさえできない。後頭部を床に叩きつけられ、軽い脳震盪を起こしたようだ。一瞬、意識が遠くなる。

男の手が首に掛かった。軍手を通してもわかる骨ばった親指が、あたしの咽喉《いんこう》を押し潰す。苦しい。息ができない。水槽から飛び出した金魚のように、口をパクパクと開いてもがくが、肺には少しも空気が入ってこない。

夢中で男の背中に爪を立てた。息ができない。爪が男の背中の皮膚を破り、指先から肉を引き裂く感触が伝わる。全身の力を込めて、男の肉体に反撃を加えようと試みる。

咽喉に食い込んだ男の指に、さらに力が掛かった。開いた口から涎とともに舌が飛び出すのがわかる。意識が朦朧としてきた。

不意に、男が唇を重ねてくる。激しい苦痛によって飛び出した舌を吸われた。男の生暖かい舌が、あたしの舌をからめとり、そのまま歯茎から歯の一本一本までを這い回っていく。

煙草の味が口中に広がる。先生の愛飲しているものとは違う味だった。激しい吐き気が襲う。しかし、薄れゆく意識の中では、もはや抵抗する気力は起きなかった。

全身の力が抜けて、そのまま男の為すがままに肉体を与える。まったく息ができない。首を絞められる苦痛も、もはやほとんど感じなかった。

目隠しの下の暗闇の中に、桃色の靄《もや》が立ち込め始めた。意識が消えかかる。死を覚悟した。

もうだめ。

そう思った瞬間、咽喉を締めつけていた男の指の力が、急に緩んだ。ゴボゴボと音がするように、肺に空気が流れ込んでくる。あたしは夢中で息をした。急激に入ってきた大量の空気に、肺が悲鳴をあげる。

閉じた瞼の間から涙を溢れさせながら、あたしは激しく咳き込む。その咳に合わせて、体を小刻みに痙攣させた。

少しずつ戻り始めた意識の中で、男がズボンのベルトをはずしている音が聞こえる。カチャカチャという金属音が響いた。あたしの体を押さえつけたまま、ズボンを脱ごうとしている。

死の一歩手前まで追い遣られたあたしの精神と肉体は、すでに一切の抵抗力を失っていた。諦めと倦怠《けんたい》が充満し、無気力に四肢を投げ出したまま、男の行為を黙って受け入れる。

熱く硬直した男のペニスが、太腿に当たった。男の体重が掛かる。男の脚によって割られた膝を、そのまま肩まで抱えられた。強引に、体を大きく開かされる。屈辱的な格好にも、抵抗する意欲は湧かなかった。

欲望に充血したペニスが、あたしの肉体と心に押し入ってこようとする。性器は恐怖と嫌悪と苦痛によって、すでにカラカラに乾いてしまっていたが、男はそんなことはお構いなしに進入を開始した。

あたしはすべてを諦めて、男の欲望に身を委ねる。男は一気に体を沈めてきた。肉と肉が軋《きし》みあう感覚に、思わず身を硬くする。歯を食い縛り、手を握り締めて、苦痛に備えようとした。

男の息遣いがさらに激しくなる。アイマスクの下で、あたしは涙を零した。

男が腰をぶつけてきた。ペニスの先端が子宮を押し上げる。あたしは絶望の淵に落とされた。

そう思った瞬間だった。アイマスクに閉ざされた闇の中、一筋の光が差した。あたしの肉体が、突然溶け出したのだ。

男のペニスを包み込む性器の細胞の一つ一つが、覚醒され、沸騰していくのがわかる。

男はあたしの中に身を沈めたまま、いっこうに動こうとはしなかった。

しかし、男のペニスを直接粘膜で受け止めているあたしの性器は、すでに興奮と情熱とを持って、それを包み込んでいた。

直前まで恐怖や嫌悪や苦痛を感じていたあたしの肉体が、理性とはお構いなしに興奮と情熱と欲望を、とめどなく湧き上がらせている。

先生だ。目隠しをしていたって、あたしの知らない香水をつけていたって、軍手をはめていたって、あたしの肉体は騙されることはない。

視覚も、嗅覚も、聴覚も、それに舌を通した味覚だって騙せたかもしれないが、あたしの性器が覚え込んだ感覚だけは、決して騙されやしない。粘膜の触覚に刻み込まれた先生の存在そのものが、今ではあたしの肉体の一部になろうとしていたのだから。男は頭で恋をするかもしれないが、女は子宮で恋をする。恋は理性で納得するものではなく、感覚を積み重ね、刻みつけていくものなのだ。

あたしは確信した。

アイマスクの下で涙が溢れるのを感じる。あたしは男の背中に両腕をまわし、両足を男の体に巻きつけた。舌を伸ばし、男の唇を求める。限界まで伸ばした舌に、柔らかな粘膜が絡みつく。

上と下の二つの粘膜を通して、あたし達の肉体は一つに溶け合った。

体温が急上昇していく感覚と神経が覚醒していく陶酔感が、淫らな愉悦と清らかな感動を同時に呼び起こす。それでもあたしの性器は、熱で溶けたバターのように、淫靡に性の腐臭に満ちていた。

自然に腰が動き始めた。男のペニスを少しでも肉体の奥深くまで取り込もうとして、独立した生き物のように、あたしのヴァギナが欲望の叫び声を上げ始める。

男が小さなうめき声とともに、たまらず腰を振り始めた。

聞きなれたうめき声。

あたしはその声を合図に思考を停止させ、後は肉体の求めにすべてを委ねた。

流れる汗と湧き出す体液が、擦れ合う肉体の間で、欲望の質量を感じさせる。お互いの激しい呼吸だけが、部屋に響いた。

熱い。男がさらに激しく、あたしの肉体を突き上げる。子宮を押し上げるほど突き刺されたペニスに、あたしは内臓まで串刺しにされたような錯覚に陥る。

もっと、もっと、もっと、もっと、もっと……

呪文のようにあたしは叫び声を上げた。それに呼応するように、男の肉体の刻むリズムが激しさを増す。全身の感覚が体の一点に集中し始めた。

もっと、もっと、もっと、もっと……

叫ぶ声の激しさに、さらに自分の興奮が突き上げられた。髪の毛一本から爪の先まで、体中のすべてが性感帯になる。肉体の緊張が高まった。

「いくっ！」

あたしは繋がった二箇所の粘膜を通して、男にそのことを伝える。それを理解した男の体の動きが、極限まで速まる。

男の肉体が、あたしの中で爆《は》ぜるのを感じた。それに合わせて、あたしも快楽の頂点に身を委ねる。小刻みに痙攣する肉体がどうしようもなくて、さらに強く男の体にしがみ付いた。絶対に離されないように。

熱い体液があたしの中に溢れていく。先生の感覚だ。あたしは幸福感の中で、自分の体を好きなだけ甘やかした。このまま一緒に死んでしまいたい。本気でそう思った。いつまでもいつまでも永遠に、このまま一つになっていたい。弛緩した肉体で玄関のフロアリングに横たわるあたしは、心からそう思った。

もう、何もいらない。今の瞬間が、永遠に続くのなら……。

しかし、無情にも男はあたしの肉体からずるずると抜け出し、離れていった。急に体に掛かっていた体重が消え、あたしはそれだけでひどい不安に襲われる。それでも性的な極限を迎えたばかりのあたしの肉体は、とても動ける状態ではなかった。

男はすばやく身支度を整えると、たちまちドアの向こうへ消えていった。激しく閉まるドアの音。走り去る足音。

あたしはまだ朦朧としている意識の中で、呆然とその音を聞いていた。

しばらくして、あたしはようやく動けるようになる。ゆっくりとした動作で目隠しのアイマスクを外した。

急に差し込んできた陽の光に目を細める。体を起こすと、男の残していった体液が、あたしの性器から溢れ出し、太腿を伝わって流れていった。あたしはそれを恨めしげに見つめる。

先生は行ってしまった。


いったいどれくらいの時間が過ぎたのだろうか？　あたしは裸のまま、ドアの前に座り込んでいた。極度の快楽に甘やかされたあたしの肉体は、なかなか現実に戻ろうとはしない。

あたしは再び目を閉じる。自分の胸の鼓動が聞こえるような気がする。そっと乳房に触れてみる。まだ乳首が尖っているままだ。生理が近いのかもしれない。

ドアの向こうから、再び足音が聞こえてくる。コツコツとした寂しげな音。ドアが開く。

「更紗、そんな姿で何をやっているんだ」

先生の声だ。あたしは目を開ける。ドアを開けたまま入口に立っている先生の姿。逆光で眩しい。目を細めて見る。

背中から強い陽光を浴びる彼の姿が、輪郭だけを残して、黒い残像のように浮かんだ。

「先生のことを待っていました」

「嘘をつけ！　ピザ屋の配達の野郎とやってたんだろう！」

先生が足元に置き去りにされたピザの箱を蹴り飛ばす。箱がひっくり返り、中身が床にぶちまけられた。

「…………」

ピザソースの香りが辺りに漂う。あたしは先生の顔を見上げた。逆光の中に、寂しげな瞳が覗く。その顔は今にも泣きそうだった。

「ドアの前で何十分も素っ裸のまま座り込んでやがって。自分の体を見てみろ。全身、男の精液だらけだ！」

こんな乱暴な言葉を使う先生は初めてだった。そのまま土足で上がり込んでくる。あたしは長い髪を鷲づかみにされ、部屋の中に引きずり込まれた。床に叩きつけられるように、放り出される。

弾みであたしの髪が大量に抜け、先生の指先に何本も絡みついた。あたしがそれを恨めしげに見ていると、そのことがさらに先生の怒りの炎に油を注いでしまう。

「何だ、その目は！」

革靴のつま先で、わき腹をおもいっきり蹴り上げられた。瞬時に呼吸ができなくなる。一瞬の間を置いて、激痛が襲ってきた。あばら骨が折れたのかもしれない。

呻きながら床の上に転がっていると、再び髪を摑まれ、顔を上向かされた。

「更紗、お前は見も知らない男とやったんだろう？　どうなんだ。やったんだな？　俺の奴隷だなんていつも言っておきながら、本当は男だったら誰にだって股《また》を開くような淫乱な女なんだろ」

髪を摑まれたまま、あたしは必死に首を左右に振った。

違います。そう言いたいのに、あまりの苦痛に声が出ない。

「ふざけるな！　俺は隠れてずっと見てたんだ。お前はピザ屋の配達員を相手に、自分から腰を振ってたじゃねぇか！」

先生の顔が近づく。いつもより大量に振り掛けられた愛用の香水の下から、さっき嗅いだばかりの安物の香水の香りが覗く。あたしはそれに気づかないふりをする。

次の瞬間、目から火花が散るような感覚が襲った。あたしは派手に床に転がる。目の周りが熱い。握り拳《こぶし》で殴られたことに、後から気がつく。

ぼやけた視界に靴底が近づいてきた。顔を靴で踏みにじられる。そして下腹部に衝撃。激しい蹴りが入ったらしい。気が遠くなるような痛みに、何が起こったのかさえよくわからなかった。

「お前は奴隷なんかじゃない。ただの淫売だ！」

違う。それは、違う。あたしはあなただと確信したからこそ……。

そう言おうとして、あたしは言葉を飲み込んだ。泣いている。先生が泣いている。頬を伝う先生の涙。ぼんやりとあたしはその涙を眺めていた。気がつくと、あたしの頬にも涙が伝っていた。

あたしが泣いているのは、体の痛みのせいなんかじゃない。先生の心の痛みを感じたから。

再び髪を摑まれ、立ち上がらされる。いつもの拘束用の縄を取り出すと、先生はあたしの両手首を縛った。その縄尻をベッドヘッドのポールに縛りつける。

ベッドの上に四つん這いになる形で体を繋がれた。その間も先生はずっと鼻をすっていた。あたしは先生のなすがままに身を任せる。

先生が服を脱ぎ始めた。シャツを脱ぎ、ズボンのベルトを抜き取る。

振り向いた拍子に裸の背中が見えた。背骨のあたりから両側に広がった四本の深い傷跡。

それはたった今、その肉体を引き裂かれたばかりのように、まだ生々しく血を滴らせていた。私は自分の爪に残った微かな血と肉片を見つめる。

全裸になった先生が、革のベルトを振り上げる。空気を切り裂く乾いた音。次の瞬間、あたしの尻の肉が引き裂かれた。同時に精神も引き千切られる。

一瞬、何が起こったのか、理解できなかった。しかしすぐに襲ってきた、焼け火箸を押し付けたような激痛に、あたしは自分に訪れた災いを思い知らされた。

先生とのSM行為の中で、鞭を使われたことは、かつて一度もなかった。羞恥や屈辱の中で快楽を押し付けられたことは何度もあったが、肉体そのものを傷つけるような暴力的なプレイは絶対にしなかった。

あまりの激痛にあたしは絶叫した。部屋中にあたしの悲痛な叫びが響き渡る。その声を打ち消すように、続けて革ベルトが振り下ろされた。

想像さえしたことがないような激痛は、打たれた瞬間に一切の声を奪う。血が滲むほど噛み締めた唇からは、微かなうめき声さえ漏れない。

しかし、どんなに耐えようとしても、秒速で遅れてやってくる激痛によって、次の瞬間、自分の声が聞こえなくなるほどの絶叫が、肉体から強制的に絞り出された。

その声の切れ端が部屋に残っているうちに、さらに次の鞭があたしの肉体を切り裂く。たちまち背中からお尻、太腿までが真っ赤に染まる。ミミズ腫れが破れ、血が噴出したその上に、さらに鞭の雨が降りそそぐ。

あたしは無意識にベッドの上で暴れ、鞭の先から逃れようとした。両手を縄でベッドのポールに拘束されているため、ガタガタと激しい音を立ててベッドが軋む。

恐怖さえも麻痺して、何も感じなくなるくらいの激痛の連続に、あたしは絶叫し過ぎて声が潰れてしまった。もう、叫び声さえ絞り出せない。

それでも先生は革ベルトの鞭を振り続ける。まるで何かを恐れるように……

十回、二十回、三十回……どれくらい繰り返されたのだろうか。

苦痛と恐怖に暴れまわっていたあたしをずっと繋ぎ止めていたはずの縄は、いつの間にか解けてしまっていた。もう鞭が空気を切り裂く音もしない。

あたしは涙に顔をぐしゃぐしゃにしながら、ベッドの上で体を丸めていた。

極度の激痛からくる全身痙攣に、小刻みに体を震わせながら嗚咽を繰り返すあたしを、先生は後ろから優しく抱きしめていてくれた。

あたしの髪に顔を埋めている先生も、あたし以上に泣いていた。先生の涙と吐く息で、後頭部が温かい。

やがて、体をずらした先生が、あたしの体につけられたばかりの傷にくちづけてくれた。傷口から暖かい温《ぬく》もりが、緩やかにあたしの肉体に注ぎ込まれる。

「お願いだから、僕を捨てないで……」

振り返ったあたしは、先生のしなやかな黒髪にそっと手を伸ばした。指先でその乱れた髪を、優しく梳いていく。先生はまるで幼子のように泣き続けていた。ずっと張り詰めていたものが、ついに壊れてしまったのだろう。

大企業のエリート社員として、巨大なシステムの歯車を演じてきた先生。優しすぎるその心を、偽りながら出世を続けてきた。その演じた悪意に、本来の心が耐え切れなくなったのだ。押し潰された先生の心。その痛みに比べたら、あたしの肉体の傷なとたかがしれている。

かわいそうな先生。かわいそうなあたしの先生。あたしが守ってあげる。

＊

「お先に失礼します」

退社時刻の五時半を、すでに一時間以上も過ぎていた。ニューヨークとマニラとブリスベンの取引先にEメールを送り、明日の社長のスケジュールをパソコンのデータベースに打ち終えると、あたしはハンドバッグを抱えて、社長に退社の為の声を掛ける。できれば残業はしたくなかった。

あたしはアロママッサージの店を辞め、二ヶ月前からこの海外貿易を主な業務とする会社に勤めている。初めての会社勤めだった。

従業員が僅《わず》か三十名ほどの小さな貿易会社。五十歳に手が届くワンマン社長の秘書を兼ねながら、営業マン達への補助的な雑務もこなす日々。仕事にもようやく慣れてきた。

「福山君、何だったら食事でもどうかね？」

何が何だったらなのかよくわからない言葉を吐きながら、さりげなくあたしの腰に廻した手をお尻に滑らせる社長に、とびきりの笑顔を返す。

「すみません。親戚の子供を預かっていますので、まっすぐ帰ります」

そっと社長の手をお尻から退ける。あくまでも笑顔のままで。

仕事中までも露骨な視線をあたしの体に這わしてくる社長を、今夜もうまくあしらう。そのうちに食事くらいは、付き合ってあげなくてはいけないかもしれない。今は職を失うわけにはいかないのだ。それでも自分のマンションの部屋に、飛んで帰りたい気持ちを押さえきれない。

社長の舐めるような視線を振り切るように会社を飛び出すと、あたしはタクシーに飛び乗った。シートに腰掛けると、体を深く沈み込ませる。愛想のいい初老の運転手の話に、いい加減に相槌《あいづち》を打ちながら、あたしはこっそりとタイトのミニスカートの中に手を忍ばせる。ストッキングは腿までのものなので、直接下着に手が触れた。

運転手に気づかれないように、微かに腰を浮かせると、Tバックのストリングスを脚から抜き去る。お尻に直にスカートの裏地を感じた。これからのことを想像して、自分の体が潤み始めたのを感じる。性器が熱かった。

我慢できない。早く帰りたい。早く先生に会いたい。

タクシーがマンションの前に着くと、お釣りを受け取るのももどかしく、あたしは部屋に駆け込んだ。ドアホンを鳴らして、帰宅を知らせる。ドアを開けると、玄関に先生が跪《ひざまず》いていた。

今夜も「あたしの先生」が待っていてくれた。

玄関のフロアリングに跪いた先生は、一糸纏わぬ全裸だった。主人の帰りを待ち侘びた子犬のように、全身であたしへの愛情を露にする。

あたしに見つめ返されただけで、瞬く間にペニスを膨らませてしまった。唇からは微かに涎が銀の糸のように伝う。その瞳にはもはやあるべき光はなく、まるで人形のように、一切の意思を遮断してしまっていた。

あたしはハイヒールも脱がないまま、玄関先でスカートの裾を摘みあげた。ゆっくりと焦《じ》らすように持ち上げていく。捲くり上げられたスカートは、まるでマフラーのようにあたしの腰に巻きついてしまった。

アンダーヘアを剃り落とし、童女のようになったあたしの性器を露にする。先生のペニスが更に大きさを増したのがわかった。あたしはいつものように目を閉じる。

「あたしの先生」がゆっくりとあたしの性器にくちづけしてくれる。伸びきった無精ひげが、外性器にあたった。それさえも感じる。

先生の髪を鷲摑みにして、彼の唇と舌をあたしの溶けきった性器に擦りつける。

先生は一言も口を利かない。先生が口を利かなくなって、すでに三ヶ月が過ぎようとしていた。あたしを鞭で打ち据えたあのとき以来、先生はすべてを捨ててしまった。大企業の歯車として、エリート商社マンの仮面を被《かぶ》ることに疲れ切ってしまった先生は、すべてを投げ打ち、あたしという殻の中に逃げ込んでしまった。

先生がずっとずっと潜在意識の中で追い求めていた安住の棲家《すみか》。あたしがそれに選ばれたのだ。

先生によって解放され、すべてから自由になれたあたしが、ずっとそれを望んでいながら果たすことができなかった先生にとっての、安住の棲家となった。

先生はエリート商社マンであることはおろか、もはや人間であることさえ捨て去って、たった一人でそこへ逃げ込んでしまった。

置いていかれたあたし。最後まで身勝手な人だった。さすがはSだ。

それでもあたしは先生が愛《いと》おしいと思う。先生は壊れかけていた自分の心を感じていて、その逃避先としてあたしのことを見つけたに違いない。

あたしは先生が初めてあたしの部屋に来た夜のことを思い出す。

泥酔したあたしは、先生に縄で緊縛され、バイブレーターで陵辱された。今を思えば、あのときにあたしは先生に選ばれていたのだと思う。

赤子のようにあたしの乳房を吸いながら、時々涙を流している先生を見つめた。先生のすべてが、あたしはとても愛おしい。

「いい子ね、いい子ね」

先生の髪を優しく撫でてあげる。先生はすべてをあたしに委ねてくれている。

あたしが仕事に出ている間、食事を取ることはおろか、トイレさえも使うことはなかった。今では毎朝の出勤時に、先生に紙オムツを穿かせて出かけるようにしている。今はあたしが先生を飼っているのだ。

あたしの乳房に唇を這わせ、硬く尖った乳首を夢中で吸っている先生の目は、安堵《あんど》と愉悦と幸福に満ち溢れて見える。

先生が元の世界に戻ってくることは、もうないのかもしれない。かつてのようにあたしの体をバイブレーターで責め立てたり、淫らな服を着せて人前で辱めるようなことも、もうないに違いない。

あたしはそのことがちょっぴり悲しかったりするが、その代償として先生の心と肉体を手にいれることができたのだから、とても幸せだった。なぜなら、今は先生のすべてがあたしのものだからだ。

あたしの先生。

あなたのすべてをあたしは手に入れた。そしてそれと同時に、先生はずっとずっと捜して求めていた、もう一人の自分を、やっと見つけることができたのだ。

あたし達は今とても幸せだった。


〈完〉

「こんな終わり方なんだ」

出来上がったばかりの原稿を読んでいる更紗が涙ぐむ。かわいい更紗。

「更紗、どうして泣いているの」

「わからない。でも、薫の小説を読んでいると、勝手に涙が出ちゃうの。別に悲しいわけじゃないのよ。なのに、涙が止まらない」

私は更紗の体をそっと抱き寄せると、その頬を伝う涙を舌先で舐めた。

7　メビウスの輪

「薫、ひどいよ」

ドアを開けるなり、更紗がいきなり口を尖らせて私に抗議をする。細くまっすぐに引かれた眉を寄せ、切れ長の目を吊り上げて怒っている更紗の顔は、思わず見とれてしまうほどに美しかった。

怒っている更紗には申し訳ないが、私は彼女の顔を見つめながら、心の中でドキドキしてしまう。

「どうしたのよ、いきなり？」

深夜一時過ぎ。終電で私のマンションまで来たのだろう。少し頬が赤いようなので、お酒も飲んでいるに違いない。

「薫がスポニチにあんな小説を書くから、やっぱり先生から同じことされちゃったじゃない」

「えっ、同じこと？」

私は更紗を自分の部屋に招き入れると、ハーブティーを入れてあげるため、キッチンに立った。その背中に更紗が興奮した調子で話し続ける。

「ピザ屋の出前よ」

私は危うくティーカップを落としそうになった。

「あ、あれ、やられちゃったの？」

「やられたわよ。先生がスポニチを毎朝読んでいるのを知っててあんなことを書くんだもん。そりゃあそういうことになるわよ」

「それで、どんな感じだった？」

「ど、どんな感じって、それは……」

更紗の頰がさあっと真っ赤に染まる。今度はどうやらお酒に酔ったせいばかりではないようだ。

「その感じじゃ、満更でもなかったみたいね」

私はハーブティーが入ったカップを彼女の前に置きながら、少し意地悪な感じで睨みつける。更紗が慌てて私の視線を逸らすように俯いた。

私は更紗に体を寄せるように、隣に座った。お互いのミニスカートから出ている太腿が触れ合う。体温を感じた。更紗の体が熱い。

「やっぱり、あたし、今夜は帰ろうかな？」

そんなことを言いながらも、更紗は一向に腰を浮かせる様子はない。

「だめよ。私に先生とのことを話しに来たんでしょう。ちゃんとどんなことをされたか、教えてくれなくちゃ」

更紗が息をする度に、カットソーから覗いた胸の谷間が大きく揺れた。

「やっぱり全部言わなくちゃだめ？」

彼女が私の視線を外して俯く。

「あら、そのつもりで来たんでしょ？」

「そ、それはそうだけど……」

私は更紗の手に、自分の手を重ねた。

「どんなことされたの？　ねっ、私に、教えて」

更紗が小さく頷きながら、私の手を握り返してくれた。

「昨夜、先生があたしの部屋に泊まりに来たの」

「よく泊まっていくの？」

私もよく知っている更紗の部屋。あのベッドの上で私の知らない中年男性に、全裸の更紗が組み敷かれているのかと思うと、私の胸は締め付けられるように痛んだ。でも、そのことに気づかれないように、私は彼女に微笑み掛ける。

「たまにね。でも、昨夜はすごかった」

そう言って、更紗が唇を舐めた。赤い舌が躍る。グロスを重ねた唇が、妖しく光った。

「どうすごかったの？」

握り合った手のひらが熱い。汗ばんでいるのは、私だろうか。それとも更紗の方だろうか。

「スポニチの話を先生がしてきて、同じように全裸でピザ屋に配達を頼もうって言い出したの」

「全裸で？」

「うん、全裸で。あたしは嫌だって、ちゃんと言ったのよ。でも、先生が相変わらず強引だったから、仕方なくやるはめになっちゃった。ピザ屋さんに電話で出前を注文して、あたしは全裸になってそれを待つの。その間はバイブで悪戯されてたんだけど、なんかその後のことを意識しちゃって、なかなかいけなかった。それがかえって興奮を高めちゃったみたい」

「いつもより濡れた?」

「うん、濡れた」

「エッチ!」

更紗が舌を出して笑った。

「ピザ屋さんは、電話してから二十分ほどで来たわ。インターフォンが鳴ってモニターで見たら、大学生くらいのけっこうイケてる感じの男の子だった。もうあたし、心臓バクバクよ」

私の胸もドキドキしていた。更紗が頬を上気させ、話を続ける。

「あたしはお風呂に入っていたという設定で、バスタオル一枚の格好で、玄関ドアを開けたの。ピザ屋さん、すごいびっくりしてた」

更紗が照れた感じで笑う。その様子がかわいくて、私もつられて微笑む。

「そりゃそうでしょ」

「問題はそれからよ。あたしはあらかじめ先生から言われていた通り、ピザを受け取るときに、わざと足元にバスタオルを落とすの」

「う、うそぉ」

「もう、死にたいくらい恥ずかしかったよ。バスタオルは体に強く巻きつけてなくて、脇の下で挟んでいただけだったから、ピザを受け取ろうと手を伸ばすと、それだけで自然に落ちちゃうの。あっ、って言って慌ててしゃがみ込んで、バスタオルを拾うんだけど、ピザ屋の男の子、固まってたわ」

「更紗みたいな美女の全裸姿が突然現れたら、そりゃ固まるわね。どうしていいか、相当困ったでしょうね、その子」

「うん、あたしも『ごめんなさい』って言って慌ててバスタオルを拾ったんだけど、ピザ屋さんも思わず『ごめんなさい』って言ってた」

二人して顔を見合わせて笑った。

「それからどうしたの？」

「その後、あたしは代金を払うんだけど、お財布には一万円札しか入ってないの。事前に先生に抜かれちゃった。ピザ屋さんたら、お釣りを数えるの、三回も間違ってたわ。汗びっしょりになりながら、千円札を数えていた」

「悪い女だねー」

「だって、先生の命令だもの、仕方なかったのよ」

「いくら命令されたからって、ほんとにやっちゃうなんて、更紗って案外とMなんじゃない？」

「うそ、そうかな？　でも、もとはと言えば、薫が小説に書いたせいなんだからね」

そう言いながら更紗は口を尖らせたが、その顔はすでに少しも怒ってはいなかった。

私が書いた小説が、スポニチに掲載される。それを読んだ更紗のボーイフレンドが、そこに書かれていることを実際に彼女にしてしまう。私は複雑な心境だった。

私は更紗が好きだった。私はバイセクシャルで、恋愛感情を持つ相手に性別は関係ない。中学でクラスメイトになって以来、ずっと更紗に恋してきた。

でも、彼女はもちろん私がそんなことを考えているなんて、これっぽっちも思っていないだろう。

実際に更紗には、直人君という素敵な美容師の彼氏もいたし、最近では「先生」と呼ばれる中年男性とも、ただならぬ関係にあるようだった。そこには、私が入り込む隙なんて微塵《みじん》もない。

だから私は更紗から、私の書く小説に実名で登場させて欲しいと言われたとき、その願いを受け入れてしまった。せめて私の創造する世界の中だけでも、彼女を自由にしてみたいと思ったからだ。

密かな恋愛対象である親友の更紗と、私にとって恋人ではないが肉体関係が長い山崎さんをイメージして、ちょうど原稿依頼が来ていたスポニチの連載小説を書くことにした。

そうしたら偶然にも、山崎さんと同世代の男性が、お店の常連客として更紗に近づき、スポニチを愛読していたことから、実際にそれを再現するなんてことを始めてしまった。

更紗が先生と呼ぶそのボーイフレンドは、まるで私の愛人である山崎さんのように、彼女を耽美《たんび》で倒錯的なSMの世界に引きずり込んでいった。

小説の中で更紗を調教していく男性は、あくまで私が山崎さんをイメージして書いた空想の人物だったはずだ。私がいつも山崎さんから受けているSMプレイを、小説の中で更紗にもしてしまおうと思って創作したキャラクターだった。

それなのに、更紗が勤めるアロママッサージ店の常連客である「先生」がその小説を読んでいたことから、展開がおかしくなり始めた。「先生」が私の手を離れて、勝手に更紗を調教し始めてしまったのだ。

更紗が先生と実際に行ったSMハプニングバーで、私が山崎さんに緊縛調教をされた。私はそのときの体験をもとに女性が緊縛されて縄で吊られるシーンを小説に書いた。その小説の中の他のエピソード通りに、今度は実際に更紗が先生に露出調教をされてしまった。

メビウスの輪のようにこんがらがった世界。私の頭はおかしくなりそうだった。何が真実で、何が虚構なんだろうか。山崎さんと常連客の先生、そして小説の中の「先生」。

表だったものが裏だったり、裏だったと思っていたものが実は表だったり、私が創造したはずだった世界に、私自身が飲み込まれようとしていた。いったい、何が起きているのだろうか。

私は携帯電話を操作して、保存してあった写真画像を呼び出した。

更紗と私が仲良く頬をくっつけ、笑っている写真。二人で宮古島に旅行したときに撮ったものだ。

まるで恋人のようにじゃれあっている二人。

私のいけない恋心が、歪んだ世界を生み出してしまった。

*

「如月《きさらぎ》美《み》涼《すず》と言います。私、長崎先生の大ファンだったんです。お会いできてうれしいです」

制服姿の女子高生が、そう言ってペコリと頭を下げた。その拍子に、セミロングの栗色の髪がふわりと肩の上で躍る。

どこの高校の制服だろうか。紺のブレサーに深緑のチェックのプリーツスカートがかわいらしい。

ウエストで折り返して調整しているのか、スカートは目のやり場に困るくらいミニ丈になっていたが、細く真っ直ぐに伸びた太腿が健康的で、セクシーというより、一昔前のアイドルみたいにとてもキュートに見えた。

もしも制服を着ていなかったら、小学生に間違えてしまったかもしれないほどのロリータフェイスで、ニコニコといつまでも微笑んでいる姿が愛らしい。

それでも、頬に掛かった髪を、細い指先でゆったりと搔き上げる仕草は、私なんかよりよっぽど大人っぽくて、時折見せるそのアンバランスさが、いまどきの女子高生らしさを感じさせた。

それが癖なのか、黒目の大きな瞳でじっと見据え、人と話すときは瞬きさえしないほどに強い視線を送ってくる。女の私でさえ目が合うとドキドキしてしまうくらいの超美少女だった。まるで美少女アニメのヒロインが、そのまま飛び出してきたみたいだった。

「こう見えても美涼ちゃんは、本格的な官能小説を書くんです。近いうちに連載をしてもらう予定なんだ。十七歳の高校二年生。このベビーフェイスで官能小説家っていうんだから驚くよね」

彼女の隣に寄り添うように立っているスポニチ編集部の牧村さんが、なんとも締まらない顔で彼女を紹介した。

笑顔で彼女を見つめたまま、さっきから一度も私の方を見ない。鼻の下を伸ばしちゃって、まったく男って奴は！　私は牧村さんを睨んでやった。

「別に、官能小説は顔のかわいらしさで書くものじゃないですから」

「い、いや、長崎さんも女子大生作家として、大変お美しいですよ」

牧村さんが慌てて私に笑い掛ける。

そんな意地悪な言い方をしながらも、私自身も彼女のことをつい見てしまう。美涼には、まるでお人形さんを見ているような、現実離れしたかわいらしさがあった。

美涼がコクンッと小首を傾け、私を見つめる。

「そうだ、長崎先生のデビュー作を持って来ているんです。よかったらサインをお願いできますか？」

「えっ、いいですけど」

美涼がスクールバッグの中から、私のデビュー作の文庫本を取り出した。

「如月美涼さんへって書いていただけますか？」

「きれいな名前ね。本名なんですか？」

「いえ、ペンネームです。本名は綾まさみっていいます。なんか、平凡でしょう？　あんまりかわいくないから、自分で名前を考えちゃいました」

「そう？　私は綾まさみも、かわいい名前だと思うけどな」

私のその言葉に、美涼が天使のような笑顔で頷いた。


インターフォンが鳴った。時計を見る。日曜日の午前八時。世間一般では立派に朝なのだろうが、昼夜逆転生活を送っている私にとっては、完璧に寝ている時間帯だった。

スポニチの連載小説の締め切りに追われている私は、週末は朝の四時頃までパソコンに向かって執筆をしていた。朝刊の配達を確認してからベッドに入るのが、生活パターンになりつつある。

再び、インターフォンが鳴った。こんな朝から誰だろうか。この時間に私のマンションを訪れるような友人は誰もいない。

更紗も含めてみんな夜行性人間で、終電後に飲んだくれて押し掛けてくる人はいても、日曜日の朝八時にやってくるようなまともな人は思い浮かばなかった。

私は仕方なくベッドから降りる。

パジャマ代わりのタンクトップとコットンのショーツだけという格好。あまりにセクシー過ぎて、これで玄関を開けたら、公序良俗違反で逮捕されそうだった。

上にLサイズのパーカーを着る。これでギリギリなんとかショーツが隠れるだろう。太腿が大胆に剝き出しなのは、この際だから目を瞑ることにした。

さらに鏡の前でボサボサの髪を手櫛で直す。鏡の中には徹夜明けで酷い顔をしたすっぴんの女がいた。本当なら死んでも人前には出たくない。しかし、無情にも三回目のインターフォンが鳴る。これでNHKの集金か新聞の勧誘だったらきっとぶち切れてしまうだろう。

玄関ドアについている魚眼レンズを覗くと、そこにはセーラー服姿の少女が立っていた。

一瞬、私は考え込む。相手が誰だかわからない。

「薫さーん、おはようございます！」

ドアの向こうから叫ぶ声が聞こえて、私は慌てて鍵を開けた。

「ちょ、ちょっと、朝から大きな声で名前を呼ばないでよ。近所にばれちゃうじゃない」

「あっ、薫さん、おはようございます。やっぱりもう起きてたんですね」

無邪気な笑顔で立っていたのは、如月美涼だった。

「おはよう。でも、正確には起きてたんじゃなくて、たった今起きたんだけどね」

私は皮肉交じりに言ったが、彼女はさして気にする様子もなく、ニコニコしていた。

「どうしたの？」

「薫さんの仕事場がどうしても見たくて」

「そう。でもよくここがわかったわね」

「へへっ、牧村さんに無理を言って、こっそり聞いてきちゃった」

私は心の中で舌打ちをした。あのロリコンめ。

「どうぞ、上がって」

「おじゃましまーす」

美涼が私について、部屋に上がってくる。

「ところで、なんでセーラー服なの？　たしか制服はブレザーじゃなかったっけ？」

「午後から秋葉原で、ファンのみなさんとオフ会なんです。それでファンサービスのためにコスプレしてるんです。女子高生っていうブランドを最大限に活かさなきゃね」

そう言って微笑んだ美涼の顔は、もはや天使には見えなかった。さすがは官能小説家だ。

セーラー服を身にまとった堕天使がここにもう一人いた。

「オフ会って？」

「サイン会や撮影会をやったり、みんなでカラオケで大はしゃぎしたりします。私、歌って踊れる官能小説家を目指してるんです。グラビアとかも挑戦したい。水着の写真集のお話が来ているので、受けるつもりです。そうしたら、デビュー前の撮影会の写真とか、プレミアが付いちゃいますね」

美涼は何の遠慮もなく、シーツが乱れている私のベッドの上に腰掛けた。ミニスカートの裾が乱れて、露になった太腿が眩しい。

「スポニチで作家デビューするんじゃないの？」

「もちろんそのつもりですよ。でも、その小説が本になるかどうか、わからないじゃないですか。だったらグラビアのお仕事も並行してやっていくつもり。薫さんだって自分のホームページで、セクシーなグラビアを公開しているでしょう」

「あれはまあ、遊びみたいなものだから」

私は自分のオフィシャルサイトで、プロフィールや出版作品の紹介だけでなく、知り合いのカメラマンに撮ってもらったグラビア風の写真も公開していた。

「私、前からずっと、薫さんのこと、好きだったんです」

「ええ、この間もそう言ってたわね。だから、サインもしてあげたじゃない」

美涼が立ち上がった。ゆっくりと私の方に近づいてくる。

「ううん、そうじゃないんです。そういう意味じゃなくて、好きなんです」

あの目だ。黒目の多い瞳が、真っ直ぐに私を見つめている。瞬きさえしない。美涼がさらにまた一歩、近づいてきた。

「ど、どういう意味かしら？」

私は彼女の雰囲気に押されて、一歩後ずさった。

「薫さんのデビュー作、読みました。ヒロインの女子大生が失恋した夜に、家出した男の子を拾ってくるお話。その男の子が少女のように美しい子で、ヒロインが彼に片思いをしていく過程がすごく切なくて良かったです」

「あ、ありがとう」

「読んでいて胸が苦しくなりました。こんなにも女の子の切ない気持ちを上手に書いてくれる女性なら、きっと私のこともわかってくれると思ったんです。薫さんって、レズビアンでしょう？」

「えっ、どうして？」

美涼の目が、妖しく濡れていた。その目の変化が、彼女をあどけない少女ではなく、妖艶な大人の女に見せる。

「わかりますよ。私と同じ匂いがするもの。小説に出てくる更紗さんって、実在の人物なんでしょう。薫さんは更紗さんのことを愛しているんですね。でも、きっとそれは片思い。どう、当たってるでしょう？」

「なんで、そう思うの？」

「薫さんの書く小説って、いつも切ない恋の話ばかりだからです。ハッピーエンドのお話って、今まで一作でもありましたっけ？」

私が一番触れられたくない部分に、美涼は強引に入り込んでくる。

「そ、それは偶然よ」

「偶然？　違いますよ。薫さんだって本当はわかっているんでしょう？　自分がずっと苦しい恋をしてきたということを」

美涼が私を見つめている。私はまるで金縛りにあったみたいに、彼女の視線から逃れることができない。息が苦しかった。

「私、男はだめなんです。女性しか、愛せないんです。初めて薫さんの小説を読んだとき、この人だって思いました。そしてホームページで薫さんの写真を見て、完全に恋に落ちました。もう、墜落って感じでしたよ。薫さんが好きなんです。お願いです。抱いてください」

美涼がスカートのホックを外した。紺のミニスカートが、足元にストンと落ちる。上半身は丈の短い夏物のセーラー服で、下半身は白い小さなショーツと紺のハイソックスという格好。そのアンバランスさが淫靡な色気を醸し出していた。

「私の体、きれいでしょう。薫さんの好きにしてください」

ショーツのサイドは細い紐だけで、小さな結び目が付いていた。それをちょっと引くだけで、彼女の最も危うい部分が露になる。私は手を伸ばしたい衝動に駆られた。

美涼は相変わらず私から視線を逸らさない。ゆっくりと焦らすように、セーラー服のスカーフを解いていく。続けてセーラー服も脱いだ。ショーツとセットの白いハーフカップのブラジャーに包まれた小振りの乳房が覗く。

「き、きれい……」

思わずそう口にしてしまうほどに、美涼の胸のラインは美しかった。

「薫さんみたいに大きくないから、恥ずかしいです」

美涼が頬を桃色に染め、恥じらいの表情を見せる。初めて私から視線を逸らした。

「そんなことない。とってもきれいだよ」

美涼の無垢《むく》な美しい体を見ていると、自分の豊満な乳房が、なんだか汚らわしいもののようにさえ思えてくる。

「ありがとうございます。うれしいです。すごく恥ずかしいけど、薫さんには見て欲しいんです」

美涼が手を背中に廻し、ブラジャーのホックを外した。乳房に沿って美しいラインを描いていたブラジャーがパチンと緩んだかと思うと、次の瞬間には彼女の足元に落ちていた。

美涼は恥ずかしげに顔を背けてはいたが、両手は体の両脇に真っ直ぐに下ろしていて、胸は隠さない。雪のように白い乳房とその頂にある桜色の乳首が、私の目の前に現れた。

心なしか彼女の息が荒くなったように見える。肩が上下する度に、形の良い乳房も小さく揺れた。

「薫さん、見ていてくれますか？」

「え、ええ……」

見ているなんてものではなかった。その美しい体から、ほんの一秒だって、目を逸らすことなどできない。私は息をするのも忘れるほど、彼女の体を見つめることに集中していた。

美涼がショーツのサイドの結び目を指で摘んだ。右手の中指と親指で小さな円を作るように紐を摘むと、ゆっくりと引っ張っていく。結び目が解けると、次に左側も同じように引っ張っていった。

「薫さん、私の体、見てください」

再び、美涼が私に視線を向けた。燃え盛る炎のような視線だった。

美涼が全裸になった。雪のように真っ白で、清流のようにきめ細やかな素肌が、私の目の前で息づいている。

純粋で無垢な肉体。薄い陰毛の翳《かげ》りさえ、性の匂いを少しも感じさせない。思わずその肌に触れてしまいそうになって、慌ててその手を引っ込めた。

「どうして、触ってくれないんですか？　私の体、きれいじゃないですか？」

今にも泣き出しそうな顔で、美涼が訴える。

「ううん、とってもきれいよ。眩しいくらい」

美涼に期待させるようなことは言ってはいけないのだと思いながらも、私の口はその意に反して勝手に彼女への賛美を唱える。

「うれしいです。薫さんに、触ってほしい」

美涼が一歩前に足を踏み出した。愛らしい顔が間近に迫る。彼女の吐く息が私に届くほどだった。美涼の瞳が、切なげに潤んでいるのも見える。

美涼が私の手を取って、自分の乳房にそれを重ねた。柔らかい乳房だった。

「冷たいです」

冷え性の私の手のひらが冷たかったのか、美涼の肌にフツフツと鳥肌が広がっていく。その様子を見ていると、私は堪らない気持ちにさせられた。思わず彼女のことを抱き締めてしまいそうになる。

深く息を吸って、慌ててその思いを押し止めた。今ここで暴走したら、自分の理性をコントロールできなくなってしまいそうだった。

　この感情は愛情なんかではない。漲《みなぎ》る性欲によって汚された情欲なのだ。そんな思いで、この少女の美しい思いを蹂躙《じゅうりん》してはいけない。私は美涼の乳房に置かれた手を、必死の思いで引き戻した。両手を強く握り締め、己の欲望と戦う。

「どうして？」

　美涼が悲しげな声を上げる。

「私には愛している人がいるの」

　私の言葉に、美涼の顔が一瞬で険しくなった。

「更紗さんですね。やっぱり、実在の人なんですね」

　私は無言で頷いた。彼女の瞳に怒りが宿る。

「美涼ちゃんは、どうして私に興味を持ってくれたの？」

　彼女の視線を息苦しく感じながら、やっとのことで私はその言葉を吐き出した。

「私はずっと恋愛なんか、興味なかったんです。小学校からミッション系女子大付属の女子校に通っていて、そのまま女子中、女子高とエスカレーターで進学して、男の子とはまったく縁のない生活を送っていました」

「それで女の子に興味を持っちゃったの？」

「いいえ、そうじゃないです。身近に男の子がいないだけに、逆にとても関心を持っていて、男の子の体のこととか、セックスとかにはすごく興味がありました。周りの女の子達はみんなそうでしたよ。どうやったら感じるのかとか、オナニーのやり方とか、初体験のときの準備とか、いつもそんな話ばかり」

美涼のようなかわいらしい女の子の口から、オナニーなんて言葉が出てくると、なんだか私の方が恥ずかしくなってしまった。

「高校で何かあったの？」

私の問い掛けに、美涼が挑戦的な眼差しを向けた。

「担任の先生と恋に落ちました」

「先生と……」

全裸で立ち尽くしたまま、美涼はその身を隠そうともせず、私を睨みつける。

「高一の夏のことです。性には興味があっても、恋愛なんてまったく別世界のことだと思っていた私に、担任の先生が告白してきたんです」

「そんなことって……」

「ひどい話でしょう。でもね、先生は本気だったみたい。放課後の科学準備室に呼ばれて、いきなり抱き締められました。男性にそんなことをされたのはもちろん生まれて初めてだったので、頭が真っ白になって、何がなんだかわからなくて。気がついたら、キスをされていました」

「先生は何て？」

「愛してるって、いっぱい言ってくれました。でもね、先生には奥さんがいらっしゃったんですよ。私は何て答えていいのかわからなくて」

美涼ほどの美少女だ。家庭を捨てるほど思いつめた男の気持ちもわからないでもない。

「それで、どうしたの？」

「男性に免疫なんてなかったですから。私もすぐに先生のことを本気で好きになりましたよ。先生は奥さんと離婚を前提に別居をしてくれて、私が卒業したら結婚しようって言ってくれました。私の初めての男性は、先生です」

「愛し合っていたのね」

「そうだと、信じていました。でも……」

「でも？」

美涼の瞳に暗い影が広がる。

「その半年後、先生の奥さんが妊娠していることがわかりました。三ヶ月でした」

私はあまりのショックに、体が震えた。

「でも、先生が相手かどうかわからないでしょう」

「私もそう思って、先生を問い詰めました。違うって、言ってくれると信じていました。でも、先生は否定しなかった。私と付き合いながら、奥さんとも愛し合っていたそうです」

「…………」

「薫さん、男の人って、どうしてそういうことができるんですか？　私のこと、愛してるって言ったのに。あんなに激しく私のこと、求めたのに。私、もう男の人なんて、信じられない。欲望に硬くなったペニスを突き立てられるかと思うと、おぞましさに吐き気がするくらいなんです。男っていう性がそういうものだというのなら、私はもう男なんていらない。女性だけを愛するって決めたんです」

「でも、だからと言って」

あまりに短絡的な思考。いくら少女が夢見た恋と性が、男の欲望によって踏み躙《にじ》られた結果とはいえ、その安っぽいケータイ小説のような話の流れに、私はがっかりとした。一方では言葉にすればそんなつまらない恋愛を、自分自身もしていることに愕然《がくぜん》とする。

美涼が私を見つめる。

「そんなときに、薫さんの本と出合いました。薫さんの小説の中の女の子は、みんな苦しくて辛い仕打ちを男から受けています。それなのに、誰もが新しい自分を見つけて、強く逞《たくま》しくなって生き抜いていきます。私はそんな小説を書く女性に、心から惹かれました。薫さんなら、私のことをわかってくれると思ったんです」

美涼の目は、まるで熱病患者のようだった。

美涼は失恋により、深く傷ついたのだ。そして、その傷を埋めようと、私という存在に幻想を求めてしまった。あたかも貧困や病に喘ぐ人々が、宗教に救いを求めるかのように。

でも、それは間違っている。神格化された生きた偶像は、決して人の心など救えやしない。這い上がるためには、自分自身が変わるしかないのだ。

彼女にそれをわかってもらわなければならない。私自身がそれを思い知るくらいに。

「私もあなたと同じように女子大付属の女子高に通っていたのよ」

「更紗さんとは、そこで出会ったんですか？」

真っ直ぐな美涼の視線を受け止めながら、私は頷いた。

「更紗とは中学からずっと一緒だったの。大学でも同じ学部に進んで、バイトもサークルも一緒に選んだ。いつだって、彼女は私の側にいてくれたわ」

私はベッドのシーツを剝《は》がすと、それを美涼の肩に掛けてやる。彼女は泣きそうな顔をしながら、自分でシーツを裸の体に巻きつけた。

「更紗さんは、薫さんの気持ちを知っているんですか？」

「さあ、どうかしらね？　もしかしたら、薄々は気づいているかもしれない。でも、親友だから、ずっと気がつかないふりをしてくれてるのかな」

今度は私が泣きそうになる。一所懸命に微笑んでみせたが、うまくできたかどうかあまり自信はなかった。

「それで、いいんですか？」

怒りの炎に溢れた瞳が、私に向けられる。

「良いも悪いもないわ。仕方ないし」

「あんな切ない小説を書ける人なのに、自分のことについては何もできないんですね」

そうかもしれない、と思う。

私は作家として恋愛も情事も自由に書けるが、自分のことに対しては、ほとんど小学生並みだった。

「いいのよ。好きな人に、好きと言うことも上手にできない。性欲だけは別の方法で満たしているから」

「別の方法？」

美涼が怪訝そうな顔をする。私は自分の言葉が彼女にとってどれほど残酷なものか充分にわかっていながら、あえてそれを口にしようとしていた。

「私にはもう五年以上関係を持っている男性がいるの」

「彼氏、ですか？」

「いいえ、セックスフレンドよ。その人には奥様がいるわ。それに私達はただの男女の関係ではないの。ＳＭプレイのパートナーなの。彼は私を縄で縛ったり、バイブなどの器具で辱めたりするのよ」

美涼の顔が青ざめていくのがわかる。

「更紗さんのことを、本気で愛しているんじゃないんですか？」

「ええ、もちろん、本気よ。でもね、私の心と体って、別々に恋ができるの」

「そ、そんなの、おかしいです」

「あなたにはまだわからないかもしれない。でも、私の中では、少しの矛盾もないのよ。私は生きている間、自分には嘘をつきたくないの」

美涼が泣いていた。滑《なめ》らかな頬を幾重にも涙が伝う。

「美涼ちゃん。いいえ、まさみちゃん。あなたが理想とした私という女がどういう人間なのか、本当の姿を教えてあげる」

私は胸元のファスナーを下ろすと、パーカーを脱ぎ捨てた。美涼が驚いた顔で私を見つめている。彼女の視線を意識しながら、タンクトップとショーツを脱いでいった。

全裸の体を美涼に寄せる。手を伸ばし、彼女の体を包んでいたシーツを剝ぎ取った。そのまま抱き締める。

「ああああっ」

美涼が私の腕の中で喘ぐ。私はその柔らかい肉体を味わうように、首筋に舌を這わせた。音を立てて肌を吸う。ゆっくりと舌先を乳房に移していく。小さな乳首が視界に入った。焦らすようにたっぷりと息を吹き掛けた後、深く唇に含んだ。

「あうううっ」

長年にわたり、山崎さんの淫らな調教を受けてきた私にとって、十七歳の女の子を籠絡するなど、訳もないことだった。

美涼の手を取り、その指先を私の性器に導く。すでにたっぷりと潤み、熱を帯びているその粘膜の様子に、美涼がたじろぐのがわかる。しかし、そんなことは無視して、彼女の中指を私のヴァギナの奥深くに挿入させた。

「ああっ、いいっ」

美涼の耳朶を噛みながら、私は喘ぎ声を漏らす。

「か、薫さん……」

彼女の手首を摑んだまま、腰を前後に揺すった。止め処《とど》なく溢れてくる私の体液によって、彼女の指が汚されていく。

「ああっ、すごい。まさみの指が、気持ちいい！」

私は再び、美涼の乳首を口に含んだ。舌の上で、美涼の乳首がさらに硬く膨らんだのがわかる。私は強く吸っておいて、乱暴に歯を当てた。

「はあっ、いやっ、だめ。薫さん、恥ずかしい」

美涼の呼吸が荒くなる。私は乳首を吐き出すと、嗚咽のような喘ぎを漏らし続けている彼女の唇にくちづけした。

舌を強引にこじ入れる。たっぷりと唾液を送り込みながら、彼女の舌を嬲る。息が苦しいのか、後ずさりしようとするその腰を片手で抱え込み、細い体を引き寄せた。

美涼の性器に指を滑り込ませる。クレバスの上部の包皮を捲り上げ、クリトリスを剝き出しにした。空気に触れて敏感になった神経の芽を、返した中指で円を描くように嬲り続ける。

「んんんんんっ」

私の舌を無理やり吸わされながらも、急激な快楽に噎び泣く。たっぷりと濡れたのを確かめながら、私は美涼の性器に指先を沈めた。

ビクンッと小さな体が痙攣する。クリトリスへの愛撫はそのままに、性器の奥深くへ、刺激を強めていく。どんどんと加速していく。彼女の体温が上昇する。激しい呼吸。

「あああっ、いくっ」

唇を離した瞬間、美涼が絶頂の声を上げた。そのまま全身を激しく痙攣させながら、その場に崩れ落ちる。

「私なんかに、二度と関わっちゃだめよ」

そう言いながら、彼女の体にシーツを掛けてあげた。

「なんか美涼ちゃんの小説がすごいんですよ。一皮剝けたみたいに、良くなっているんです」

スポニチの牧村さんから、原稿料の入金口座の件でもらった電話で、如月美涼の話が出た。私は受話器を持ち替える。

「すごいって、どんな風にですか？」

「最初に持ち込みがあった原稿も、官能小説としては悪くなかった。でも、あえて言うと、良くまとまり過ぎているって感じがしました。まるでAVでも観ているみたいな気にさせられる小説で、男の願望を男が求める形で表したような表現が目立ちました。だからすごく興奮するんですが、冷静に考えると、なんだかひどく馬鹿にされているような後味の悪さを感じたんです」

「後味の悪さ？」

「そうです。見透かされてるっていうか、期待されてないっていうか。それがね、先日連絡があって、書き直したので読んで欲しいって言ってきたんで、送ってもらったんです。そうしたら、これがすごいんですよ。視点がまるで変わっているんです」

「視点、ですか？」

「ええ、そうです。以前の作品では男の性を物のように扱っていました。それが書き直した作品では、心から興味がある関心事に変わっていた。うまく言葉にできませんが、明らかに視点が違うんです。冷めていたものに、何か心が通った、みたいにね。彼女、何かあったんですかね？」

「さあ、私にはわかりませんけど」

私は思わず微笑しながらも、何食わぬ顔で知らないふりをする。

「そうですか？　薫さんなら何かご存知かと思ったんですけど」

「まあ、あのくらいの年頃の女の子は、ちょっとしたことで大きく考え方とかが変わるものですから」

「薫さんもそうでしたか？」

「私ですか？　さあ、どうだったかな。もう忘れちゃった」

私は笑って誤魔化した。

プライベートで美涼に、いや綾まさみに会うことはもうないだろう。彼女が持っていた苦しみや迷いや悩みに対して、私は何の答えも出してあげることができなかった。

でも、それは仕方のないことだと思う。そもそも答えなんて、どこにもないのだから。体の傷口なら、そっと舐めてあげることができても、心の傷だけは自分自身で治すしかないのだ。

聡明な彼女のことだから、きっとそのことに気づいてくれたのだろう。これから彼女は女としても、作家としても、大きく成長していくに違いない。

私は女流官能小説家として、強力なライバルを一人増やしてしまった。これからは彼女と仕事を争うこともあるかもしれない。やっかいなことだ。

そう思いながらも、私はなんだかとても楽しい気分になった。自然と笑みが零れる。

「薫さん、声が弾んでますね。いいことでもあったんですか?」

こういうことに敏感な牧村さんが何か感づいたようだ。

「今日は天気が良いから、洗濯物がよく乾きそうだなって思って」

8　ストーカー

地下鉄を降りたときから、違和感があった。背後から重く伸《の》し掛かってくるような視線を感じる。

私はフレアの超ミニの裾を片手で押さえながら、ホームの階段を駆け上がった。階段の途中で立ち止まって振り返る。後ろを歩いている十数人の見知らぬ男性達の全員が、スカートの中を見上げているような気がした。

いつもならミニスカートなんかちっとも気にならないのに。駅の階段だって、いちいち手で押さえたりなんかしない。それなのに、今日はなんだかすごく他人の視線が気になった。二の腕に鳥肌が広がる。髪の毛の一本いっぽんに電気が走った。

駅を出て、自宅までの夜道を歩く。駅前のロータリーを抜けてコンビニの前の横断歩道を渡った。

ピポッ、ピポッ、ピポッ、ピポッ。

信号機から間抜けな感じの鳥の鳴き声が流れる。

視覚障害者のための注意喚起用なのだろうが、もっと気の利いた音は選べなかったのだろうか。私なら愛するＰｅｒｆｕｍｅのポリリズムに絶対する。だめなら、せめて童謡にして欲しいと思う。

渡りきったところで、後ろを振り返ってみた。私と同じ年くらいの男性と目が合う。

身長は一七〇センチくらいだろうか。細身の体に、皺《しわ》だらけのTシャツとデニムのパンツという飾り気のない姿をしている。何が入っているのか、その背中にはパンパンに膨れ上がったデイパックが背負われていた。

病的に青白く、陰気な顔。分厚いレンズの眼鏡の奥からは、おどおどと挙動不審に動き回る濁った瞳が覗く。

私と視線が合った瞬間、その男がニヤリと笑い掛けてきた。私は気味悪くなって男を無視すると、慌てて帰り道を急いだ。

腕時計を見る。夜の十一時を過ぎていた。

大学の帰りにスポニチの本社へ行き、担当の牧村さんと打ち合わせをした。その後で夕食をご馳走になりながら、連載小説の後半の展開について、さらに話が盛り上がったりしたので、思ったより遅い時間になってしまった。

住宅街はすでにひっそりと静まり返っている。私が足を進める度に、コツコツとハイヒールの音が、夜の闇に響いた。なんとなく自分自身の足音に急《せ》かされるような気分で、足を速めてしまう。夜の一人歩きは、それだけで女の子を不安にさせるものだ。

街灯の下を通り過ぎる。私の影が、長く道路に伸びていった。やがて背後から、人影がもう一本それに加わる。私は振り返った。数メートル後ろに、先ほどの男がついてきていた。

視線が合う。男は先ほどと同様に、薄気味悪い笑みを浮かべていた。

「薫さんですね？」

男が私に問い掛ける。

「えっ？」

「作家の長崎薫さんでしょ？」

「ち、違います」

男がその体を私に寄せる。泥酔したみたいに混濁して虚ろになった瞳が、私に近づいてきた。男の体から安物のコロンの香りが強烈に匂う。

「う、嘘だ。薫さんだってこと、僕はわかってるんだ。なんで僕に嘘をつくの？」

男の体が迫ってきた。

「本当に違います」

男が私の体を舐めるように見つめる。

「その大きなおっぱいだって、そのきれいな太腿だって、スポニチの写真で見たとおりじゃないですか。薫さんだってこと、僕はちゃんとわかってるんだからね」

私は慌ててカットソーの大きく開いた胸元に手を当て、胸の谷間を隠した。ミニスカートから剝き出しになった太腿に男の視線を感じる。寒気がした。

「な、なんのことを言っているのか、わかりません」

私の言葉を聞いているのか聞いていないのか、男は相変わらずニヤニヤと薄気味悪い笑みを浮かべたまま、私のことを見つめている。

「どうして僕にまでそんな嘘をつくの？　僕は薫さんの味方なんだよ。そうだ、僕がどんなに薫さんのことを愛しているか、教えてあげるよ」

男はそう言いながら、ゆっくりとデニムパンツのファスナーを指で摘んで下ろしていった。

男が何をしようとしているのか想像して、私は全身を凍りつかせる。

人通りのまったくない真夜中の住宅地。助けを求めようにも通り掛かる人など誰もいない。近所の家に逃げ込んだとしても、インターフォンで助けを求める間に、この変質的な男が何をするかわからなかった。そのことの方が恐ろしい。

男がズボンの合わせ目から中に指を入れると、私の手首ほどもありそうな巨大なペニスを取り出した。勃起してはち切れそうになっていて、青くて太い血管が、まるでミミズみたいに幾重にも走っていた。赤黒く輝き、先端からは透明な液体を滴らせている。

男はそのペニスを右手でしっかりと握り締めると、ゆっくりと上下に動かし始めた。

「いやっ！」

「薫さん、君のことを考えるだけで、僕はこんなにも激しく勃起しちゃうんです。もうすごく硬くなってる。ねえ、見てください」

「や、やめてください。人を呼びますよ」

「どうしてそんなことを言うんですか？　ああっ、気持ちいい。薫さんのことを僕がどんなに愛しているか、これを見ればわかるでしょ」

男の目が恍惚《こうこつ》としてくる。

「わかりません。そんなことをして、私が喜ぶわけないじゃないですか」

そう言ってしまってから、私は慌てて口を噤《つぐ》む。

「ほら、やっぱり薫さんだ。認めましたね。ああ、夢にまで見た薫さんに会えて、本当にうれしいよ。僕がどれほど薫さんのことを愛しているか、たっぷりと見せてあげるからね」

男の手の動きが激しくなった。それに合わせてその手の中のペニスが、さらにひとまわり大きくなる。充血してパンパンに膨れ上がり、今にも破裂しそうに見えた。

男が迫ってくる。私はあまりの恐怖に足が竦んで、その場で動けなくなってしまった。

「ああっ、薫さん、見てる？　すごいよ。気持ちいいよ。ああっ、薫さん」

男の手の動きが、限界まで加速していく。

ハアハアと、男が肩を揺らして息をする。激しい息遣いが、その快楽の大きさを私に伝えてきた。

真夜中の住宅街の路上で、勃起したペニスを取り出して自慰行為を見せつける見知らぬ男。視点の定まらぬ虚ろな目を私に向け、必死に手を動かし続けている。

「ああっ、薫さん、気持ちいいよ。いつも薫さんの写真を見ながら、こうやってオナニーしているんだ。本物の薫さんでするオナニーは、いつもの何十倍も気持ちいいよ」

男が私を見つめる。

カットソーの広く開いた胸元から覗く深い谷間やマイクロミニから真っ直ぐに伸びた剝き出しの太腿に、粘つくような男の視線を感じる。

体が熱くなった。背中や額を汗が流れていくのがわかる。

気がつくと、私の呼吸も荒くなっていた。男の激しい息遣いに、まるでシンクロするみたいに息が上がっている。

深く息を吸い込む度に、私の豊かな胸が、さらに大きく膨らんだ。上下に揺れる。男が私のおっぱいを舐めるように見ていた。恥ずかしい。

「いや。見ないで」

男の視線が耐えられないくらい恥ずかしい。それなのに、私の体はまるで金縛りにあったみたいに動くことができない。

私は胸を前に突き出し、両手をだらりと下ろしたまま、ただ顔を背けることくらいしかできなかった。

男の手の動きが、さらに激しくなった。快楽の絶頂が近いのだろう。時々、苦しげに眉間《みけん》に皺を寄せる。ペニスの先端から、透明の液体が糸を引くように滴り落ちた。

吐き気がするくらい気持ち悪いのに、なぜか体が動かない。

「薫さん、僕はずっと君のことを見ていたんだよ。君が作家になるずっとずっと前からね」

「ど、どういうこと？」

「僕のアパートから君の部屋が見えるんだ。いつも望遠鏡で見ていた。朝も昼も夜もね。君が食事をするところ、君が寝ているところ、君が着替えているところ、そして友達のきれいな女性と淫らなことをしているところ。最近ではセーラー服の女子高生も来たけど、彼女はいったい誰なの？」

私は真っ青になった。この男は私の生活をずっと覗いていたのだ。更紗や美涼とのことも知っている。

「そんなことして良いと思っているんですか。それは犯罪ですよ」

「そうなんだよ。官能小説を書き始めた薫さんが、犯罪に巻き込まれたりしないように、僕が監視して守ってあげてるんだよ。わかってもらえてうれしいなぁ。僕は君のガードマンなんだ。おかしな男が君に変なことをしないように、いつも見守っていてあげるからね。ああっ、気持ちいい」

この男、完全にどうかしている。何を言っても無駄だと思った。

「お願い、もうやめて」

「どうしてさ？　僕はいつも君がバイブレーターでオナニーしているところを見ていたんだよ。僕がするところだって、君に見せてあげないと不公平だろう。僕だけじゃずるいもんね。ああっ、そろそろいきそうだよ」

「だめ、お願い、やめて」

「ああっ、薫さん、いくよ。ああっ、出るよ」

「だめよ、やめて！」

「いくっ！」

男が体を大きく仰け反らせる。ペニスが破裂するみたいに膨れ上がったかと思うと、いっきに射精を始めた。

ビクンビクンと男の体が痙攣している。それに合わせて、ペニスの先端から水鉄砲のように、精液が何度も飛び出した。それが私の太腿やスカートを汚す。熱かった。

男は立ったまま、痙攣を続けている。私の太腿の上を、男の白い精液がゆっくりと滴り落ちていった。

男が私に体を寄せる。無表情な顔に、視点のまったく定まらぬ目が、ぽっかりと開いていた。恐怖が私の全身に這い上がってくる。

「こ、こないで」

「薫さん、すごいよ。すごい気持ちいいよ」

精液塗れの手を、男が私に向かって伸ばす。ズボンから飛び出したままのペニスは、まだ勃起していた。

私は怖くなって後ずさりする。男がさらに私に近づいた。私は男に背を向け、駆け出す。私のマンションはもうすぐそこだった。走れば二分も掛からないだろう。バッグを胸に抱えると、全力疾走する。

なんでこんな日に九センチのピンヒールなんて履いてきてしまったんだろう。後悔したって仕方ない。とにかく今は走るしかないと思った。無我夢中で走る。

ところがなんと、男も私を追い駆けるように走り出したのだ。不気味な足音が背後に迫る。

「いやあっ！」

必死だった。どこをどう走ったのかも思い出せないほど、私は夢中で走っていた。気がつくとマンションのドアの前に来ていた。後ろを振り返る。男の姿はない。バッグから部屋の鍵を取り出すと、震える手でドアノブに差し込んだ。

部屋に入ると、慌ててドアに鍵を掛ける。鍵が掛かったのを何度も確認した。やっと安心すると、私は力が抜けてその場に座り込んだ。息が苦しい。肺が潰れたみたいに、空気が入ってこない。激しく咳き込んだせいなのか、涙が溢れた。大きく深呼吸する。やっと息が吸えた。それでも、涙は止まらない。

落ち着いてくると、先ほどの恐怖が、蘇ってきた。再び体が震え出す。涙がさらに溢れた。声を出して泣いた。

ひとしきり泣いて、そして気持ちを落ち着かせる。壁に手をつきながら、なんとか立ち上がった。部屋の照明を点《つ》ける。

そのときだった。携帯電話の着信音が鳴った。静かな部屋に突然の大きな音。心臓が止まりそうなくらい驚く。

携帯電話のディスプレイを見る。見知らぬ番号だった。私は恐るおそる着信ボタンを押す。

「もしもし、薫さん？」

「どなたですか？」

「僕だよ、僕。ひどいよ、いきなり走り出して」

携帯電話からは、激しい息遣いとともに、さっきまで聞いていたあの男の声が聞こえた。不気味で冷たい闇が、携帯電話を通して、迫ってくるような気がした。

「薫さん、今からバスを使うの？　薫さんはお風呂好きだから、いつも帰ったらすぐにお風呂に入るよね。今夜は走ったから、いっぱい汗を掻いたでしょう。早く入った方がいいよ。お風呂から出た後は、今夜もいつもみたいに、ベッドの上で裸でストレッチをするんでしょう。薫さんの美しいボディラインを維持するためにも、風呂上がりのストレッチはさぼっちゃだめだよ。いつもみたいに、ベッドルームで裸になってから、バスルームに行ってね」

「い、いい加減にしてください！」

私は慌てて部屋のカーテンを閉めた。この窓の外のどこかから、あの男が望遠鏡で覗いているかと思うと、あまりの気持ち悪さに吐き気がしそうだった。

「あーあ、酷いよ。そんなことしたら薫さんの美しい姿が見えなくなっちゃうじゃないか。君に何かあったらどうするんだい。僕が君のことを見守っていてあげないと、安心してエッチな小説を書くことができないでしょう」

携帯電話の向こうで、救急車のサイレンの音がした。数秒ほど遅れて、私のマンションの前を救急車が走り過ぎていく。

男のいる場所はかなり近いようだ。私はカーテンの隙間から、そっと外の闇を覗く。私のマンションから、公園と民家を挟んで、三棟のマンションが見えた。どれも十階ほどの高さの中層マンションで、その正面の窓は私の部屋のリビングとベッドルームの窓に面していた。

あのマンションのどれかに、あの男がいるのに違いない。

「ねえ、どうして私が長崎薫だとわかったの？」

「それは僕が君のことを愛しているからだよ」

くっくっくっと、男が電話の向こうで笑う。その言葉に、私は凍りつく。

「そうね。それはよくわかった。でも、あなたのその愛を確かめたきっかけがあったでしょう？」

「知りたいの？」

男の携帯電話の番号はわかっているのだ。出版社の担当者に相談することもできるし、場合によっては警察に届けることだってできる。今はなぜこの男が、私が長崎薫だとわかったのか、それが知りたかった。

「ええ、とっても知りたい。教えてくれる？」

私はできるだけ男を刺激しないように、優しげな声で語り掛けた。

「薫さんがそういうなら、教えてあげてもいいけど。でも、顔を見ながら話したいな。カーテンを開けてよ」

「そうしたら教えてくれるの？」

「僕は薫さんの味方だからね。約束は守るよ」

私は仕方なく、リビングルームのカーテンを開けた。窓際のソファに腰を下ろす。

「そうやってソファに座ると、今夜のミニスカートはかなりきわどいところまでずり上がっちゃうね。もうちょっとでパンツが見えそうだよ――」

私は慌ててスカートの裾を指で摘んで下ろした。

「――ははは、大丈夫だよ。見えないから」

男の笑い声が不気味に響いた。

「どうして、私が長崎薫だとわかったの？」

私はできるだけ相手を刺激しないように、ゆったりとした口調で、携帯電話の向こうの男に話し掛けた。

「僕が初めて君を窓の向こうに見つけたのは、もう三年も前のことだよ」

「さ、三年も前……」

私は路上で性器を露出し、自慰行為を見せつけてきた男の姿を思い浮かべた。あの男に三年も前から生活を覗かれていたかと思うと、恐怖と屈辱に気を失いそうだった。

「そう、薫さんがデビューする前さ。僕はいつも君のことを見ていた。洗濯物を干す姿や食事を取る姿を、いつだって見守っていてあげたんだ。具合が悪そうなときは、飛んで行って看病してあげたかったけど、君は頑張り屋さんだから、いつも一人で治していたね」

私の全身に鳥肌が広がる。フツフツと湧き上がる嫌悪感に、眩暈がしてきた。

「それで？」

叫び声を上げそうになるのを我慢して、かろうじてそれだけを言葉にした。

「僕は薫さんの小説の大ファンだったんだ。ほら、駅ビルにある本屋で、君の本が新刊コーナーに平積みになっていただろう。偶然に僕は君の本を手にしたんだ。初めて読んだとき、体が震えたよ。僕が求めていた世界はこれだって思った。長崎薫の本は全部買ったよ。僕はコンビニで働いているんだ。スポニチも毎朝一番に読んでいる。そこに写真が載っているでしょう。それを見て、ある日気づいたんだ。僕がいつも見守ってていてあげた君と長崎薫が同一人物だってね。コンビニの仕事がない日は、駅で君のことをずっと待っていた。一緒に電車に乗って大学にもついていったし、出版社に打ち合わせにいくのも、何度も一緒について行った。君が出版社に出入りしているのを見て、やっぱり長崎薫だったんだって、確認できたわけ。それから仕事のない日は、できるだけ君のことを側で見守るようにしてきたんだ。ストーカーみたいなおかしな奴が、君の側に現れると困るからね」

「ストーカー？」

「うん。でもだいじょうぶだよ。ずっと僕が見張っていてあげたけど、そんな奴はいないみたいだから。安心した？」

「え、ええ……」

「僕の仕事はコンビニの夜勤が中心だから、昼間は大学に行っている君とは、なかなか生活のリズムが合わないけど、水曜日だけはあのきれいな女の子といつも昼食を一緒にしているよね。あの人ってまさかスポニチの小説に出てくる更紗さんのモデルじゃないよね？」

「えっ？　い、いや……」

いきなり図星だったので、私は言葉に詰まった。

「やっぱりそうだったんだ。小説のイメージ通りの女性だったんで、そうなんじゃないかなぁって、ずっと思ってたんだ。本当にきれいな人だね。小説に書かれている通り、薫さんはあの人のことが好きなの？」

私は男の言葉にムッとする。

「それはあなたには関係ないことだわ」

「薫さん、女の子を好きになるなんて、それはおかしなことだよ。女性はやっぱり男を好きにならなくちゃ。僕が薫さんを愛してあげるから、まともな恋愛をしようよ」

男のその言葉に、私は静かで深い恐怖を感じた。

「私が誰を好きになろうと、あなたには関係ないことだわ。見も知らぬ人に『愛してあげる』なんて言われても、はっきり言って迷惑です」

私は毅然《きぜん》とした態度で、きっぱりと男に対して言った。携帯電話の向こうで、男が深い溜息をつく。

「薫さんは何にもわかってないね。僕がどれくらい君のことを愛しているか。君のことを本当に幸せにしてあげられるのは、僕だけなんだよ」

歯車がずれた時計が永遠に正しい時を刻むことがないように、この男が思い描く世界も現実とは大きくずれてしまっている。

「夜の住宅街であんなものを見せることが、私を幸せにすることなんですか？」

「薫さんに僕のすべてをわかってもらいたかったんだ。僕が薫さんのことをどれほど愛しているか、言葉なんかじゃ伝わらないだろう。僕のリアルな姿を包み隠さず見てもらって、わかって欲しかったんだよ」

「それがオナニーを見せつけることだって言うんですか？」

「薫さんだって、バイブを使ってオナニーしているじゃないか」

「私は他人に見せつけたりはしません」

「薫さんは僕にとって、決して他人なんかじゃないよ」

何を言っても無駄だと思った。すでに自分だけの世界で生きているこの男にとって、常識的な言葉は何の説得力も持たない。

「お願いですから、私に関わらないでください」

男が再び大きな溜息をついた。

「薫さんが現実逃避を続けるのなら、これだけはしたくなかったけど、仕方ないね。薫さん、今からメールを送るから、パソコンの電源を入れてよ」

「何をするつもり？」

「いいから、早く」

私は携帯電話を切らずに、そのままパソコンの電源を入れる。パスワードを打ち込んで、ウインドウズを立ち上げた。すぐにメールソフトを起動させる。メールの受信箱に見知らぬアドレスからの着信が入った。私はそのメールをダブルクリックして開く。

それは男からのメールだった。愛している、の文字が浮かぶ。

愛してる。愛してる。愛してる。愛してる。愛してる。愛してる。愛してる。愛してる。愛してる。愛してる。愛してる。愛してる。愛してる。愛してる。愛してる。

延々と続く文字。マウスを持つ手が震えた。やめて！

メールには、画像ファイルが十数枚も添付されていた。それを開く。それはすべて私の写真だった。望遠レンズで盗撮したのだろう。この部屋にいる私の姿を撮ったものだった。

ランジェリー姿でテレビを見ている姿。風呂上がりに全裸でヨガをしている姿。ベッドに横たわりバイブレーターで自慰をしている姿。更紗や美涼とキスをしている姿まであった。いつもカーテンを開けたままにしていたことを、今さらながら後悔する。

「盗撮までしていたのね。恥ずかしいとは思わないの？」

「恥ずかしい？　なぜさ？　愛する恋人のプライベートな写真を撮るなんて、誰だってしていることでしょう」

「あなた、狂ってるわ」

「何だって！」

私のその言葉に反応したのか、男の声の調子がいきなり変わる。

「ぼ、僕を侮辱したね。ゆ、許せない。今の言葉、死ぬほど後悔させてあげるからね」

「どうするつもりなの？」

私は携帯電話の向こうの男に訴える。

「僕の愛を侮辱することは許さない。今からこの写真をネットの掲示板に投稿するよ。女流官能小説家長崎薫のヌード写真だって書いてね。あっという間に日本中の話題になるだろうな。そうだ、オナニーしているやつとか、レズっているやつは、写真週刊誌を発売している雑誌社のサイトに投稿しよう。その方がインパクトがあるからね」

私は蒼白になった。この男なら本当にやりかねないと思う。私や更紗や美涼の裸体が、日本中の男達の好奇な視線に晒されてしまうのだ。

恐怖に顔が引き攣る。そんなことだけは、絶対に止めさせなければいけない。

「や、止めて。私は学校の友達にも、官能小説家であることは秘密にしてきたのよ。それに更紗なんかはこのことには関係ないでしょう」

「だめだめ。僕の薫さんにちょっかいを出すような女は、みんな地獄に落としてやるんだ」

「本当にお願い。それだけは止めてください」

男が携帯電話の向こうで笑う。悔しさに腸《はらわた》が煮えくり返るようだったが、今は男を止めさせるために、下手《したて》に出なくてはならない。今この瞬間にも男がマウスをクリックすれば、私の淫らな写真が日本中に配信されてしまうかもしれないのだ。

「どうしようかなぁ。僕の純愛を理解できないような薫さんには、たっぷりと反省してもらわなくちゃいけないからな」

「ご、ごめんなさい。反省してます」

悔しさに唇を噛み締めながらも、私は男に媚びる言葉を口にした。

「本当に反省しているの？」

「本当に反省してます」

「どうかなぁ。言葉だけなら、なんだって言えるからな。僕は薫さんへの愛を証明するために、野外でオナニーまでしてみせたんだよ」

「どうすればいいんですか？」

「そうだ。今からそこでオナニーして見せてよ。窓に向かって脚を大きく広げてね」

「そ、そんなこと、無理よ」

男が今も望遠鏡で覗いていることがわかっていて、その前で自慰行為をするなんてできるわけがなかった。

「それじゃあ今から薫さんの写真をネットでばら撒くとするか」

「そ、それだけは許して」

「じゃあ、オナニーしてくれる？　僕は薫さんの前で射精までして見せたんだよ。薫さんだって、僕の愛をわかってくれたんなら、オナニーくらいできるはずだろう」

狂っている。この男に何を言っても無駄なのだ。私は絶望的な気持ちになる。

「わかりました。その代わりに、写真をネットに流すのは止めると、約束してください」

「もちろん僕の愛を理解してくれた優しい女性に、そんな酷いまねはしないよ」

「わかりました。やります」

「机の二段目の引き出しに入っている黒い方のバイブを使ってやってね」

男が得意気に言った。

「私が使っているバイブの種類まで知っているのね」

私が山崎さんに買ってもらった三本のバイブレーターの中で、黒い色のは一番太くて強力なやつだった。刺激が強すぎて、めったに使うことはなかった。

「美しい薫さんが、あんな酷い物を使って自分を慰めているなんて、初めて見たときはびっくりしたよ」

私は言葉を失った。絶対に他人に見られたくない姿を、この電話の向こうにいる見知らぬ男に、何度も盗み見られていたのだ。絶望的な恥ずかしさに、顔から血の気が引いていく。口から零れ出る溜息が、形となって見えるようだった。

「ほ、他にはどんなことを知ってるの？」

男が息を荒げていくのが、電話を通して伝わる。

「毎週水曜日のお昼になると、あのスレンダー美女の友達がランチを食べに遊びにくること。あの子がスポニチに出てくる更紗さんだって、僕はすぐにわかったよ。薫さんとあの子がキスしたところを何回も見たからね。それにこの間のセーラー服の女子高生。あの子のヌードも、薫さんに負けないくらいきれいだったね。でもやっぱり一番刺激的だったのは、薫さんがオナニーするところかな。あのイク瞬間に激しく痙攣する淫らな姿を見たら、日本中の薫ファンが腰を抜かすだろうなぁ」

男が私を辱めるために、わざと挑発的な言葉を使っているのはわかっていた。そんな姑息《こそく》な手には絶対に乗らないと思っていながらも、限界を超える悔しさに、目に涙が滲んでしまう。

「もう何度も見ているのなら、なにも今さらそんなことさせなくてもいいんじゃないですか？」

無駄だとはわかっていながら、それでもなお最後の訴えをぶつけてみる。男は傷ついた小鹿を食べる前にいたぶるライオンのように、私の悲痛な願いを弄ぶ。

「いつもはどんなことを想像しながらオナニーするんですか？」

「そんなこと、言えないです」

「ふーん、まあしょうがないか。その代わり、今からするオナニーでは、僕のことを思ってしてね」

「あなたのことを？」

「うん。さっき僕がオナニーするところを見たでしょう。あれを思い出しながらやってよ。薫さんが僕の射精する姿を想像しながらオナニーしてくれるなんて、こんな凄いことはないよね。今まで見たどんなAVよりも興奮するよ」

酷過ぎると思った。女としてのあらゆる尊厳を無視した扱いだった。しかし、私は逃げることができない。今ここでこの男の要求を断れば、私だけでなく更紗や美涼の淫らな姿まで、日本中にネットで公開されてしまうのだ。

「どうすればいいの？」

「まずは裸になってよ」

男が嬉しそうに言った。興奮に声が上ずっている。私はノロノロと立ち上がると、服を脱いでいった。カットソーとミニスカートを脱ぐ。

「へえ、黒いレースのハーフカップブラにセットのTバックのパンツね。相変わらずエッチな下着だなぁ」

涙が一滴、頬を伝って落ちた。それを気づかれないように窓に背を向けながら、私は背中に廻した手で、ブラジャーのホックを外した。

黒いレースのブラジャーが、するりと体を滑り、足元に落ちた。反射的に私は両腕で乳房を隠す。

「だめだめ。そんなことしたら、せっかくの薫さんのきれいなおっぱいが見えないじゃないか。手は後ろで組んでよ」

左手に持った携帯電話から聞こえる、非情なまでの男の言葉。私はパールピンクのマニキュアに彩られた親指の指先でスピーカーボタンを押すと、携帯電話をガラステーブルの上に置いた。窓に向かって真っ直ぐに立つ。

部屋の照明はまぶしいくらいに煌々《こうこう》と灯《とも》っていた。窓の向こうには、真っ暗な闇が広がり、向かいのマンションの窓の灯りだけが、まるで漁火《いさりび》のように揺れて見える。私は慌てて右手の甲で、目に溢れた涙を拭った。滲んでいた景色が、はっきりと浮き上がってくる。

あの灯りのどれかが、男の部屋のものなのだ。私はゆっくりと、両手を後ろに廻した。唇が震える。膝に力が入らない。体が熱くなる。窓の向こうの見えない男の視線を感じて、思わず顔を背けてしまった。

「折れそうなほど細い体なのに、おっぱいだけはアンバランスなくらい大きいんだね。薫さんの小説風に言えば、芸術と猥褻《わいせつ》の混沌《こんとん》とした美しさ、とでも言うのかな。ああ、堪らない。凄いよ」

スピーカーから男の乱れた呼吸が響く。男の興奮が音として、部屋に溢れていく。私までが息苦しくなった。

ゴソゴソと衣擦《きぬず》れの音。男が服を脱いでいるのがわかる。男の意図を感じて、私の羞恥心はさらに膨れ上がった。

私はさっき見たばかりの男の射精を思い出しながら、オナニーをさせられる。その私の淫らな姿を見ながら、再び男はオナニーをするというのだ。

限界を遥かに超えた恥ずかしさに、私の理性が飲み込まれていく。

「恥ずかしいです」

消えそうなほど微かな声で、堪らずに男に訴える。しかし、それも男の興奮をさらに高めることにしかならないことはわかっていた。わかってはいながらも、そう言葉にせずにはいられなかった。

「さあ、最後に残ったその一枚も脱いでください。薫さんの裸が見たいんです」

死刑宣告のような男の言葉。意識が遠退きそうになるのを、私は辛うじて踏み止める。

「どうしても、これも脱ぐんですね」

声が震える。拭ったばかりなのに、もう両目に涙が溢れていた。

「当たり前です。パンツを脱がなきゃ、オナニーできないじゃないですか」

「ああ、そんな……」

「薫さんがオナニーしている写真が、インターネットで配信されてもいいんですか？」

「卑怯です」

「卑怯？　僕をこんなふうにさせたのは、薫さんなんですよ。薫さんの体が、いやらしすぎるからいけないんです。薫さんの小説が、官能的すぎるからいけないんです。僕が悪いんじゃない。悪いのは、薫さんだ」

男の言葉が、私の体を貫いていく。

　悪いのは、私。

　私は黒いレースのショーツに、しっかりと指を掛けた。細い腰骨のラインに沿って、緩やかに指先を滑らせていく。パールピンクのマニキュアに彩られた爪が、白い素肌の上を動いていく様は、自分自身で見てもひどくエロティックだった。

　小説家である私は、パソコンのキーボードを打つのが日々の仕事なので、爪はそれほど長く伸ばせない。とくに今はスポニチの連載を抱えているので、爪は男の子みたいに短く切り揃えられていた。

　この連載が終わる頃、別の出版社から文庫の新刊も発売になるので、それを機にしばらく仕事はお休みにして、ネイルサロンで大好きなスカルプチュアでもしてもらおうと思う。

　ピンクとローズレッドを基調に、ゴールドのラメも混ぜてもらって、高級娼婦みたいに派手な指先にしてもらうつもりだった。

　そんなことが一瞬、頭を過ぎる。男は望遠鏡で私の部屋を覗いているというが、このピンクの指先も、男からははっきりと見えるのだろうか。

　だとしたら、このショーツを脱いでしまったら、私の薄いアンダーヘアの奥の開きかけた性器の合わせ目まで見えてしまうに違いない。

指先が震えた。

「薫さん、早く脱いでよ」

男に促されて、私は覚悟を決めた。窓から顔を背けたまま、黒いレースのショーツを下ろしていく。

膝まで下げ、そこからは交互に足首を抜いていった。手の中に丸まったTバックのショーツは、信じられないくらいの小ささしかない。

「脱いだわ」

激しい羞恥が肉体に充満し、熱病に冒されたかのように意識が朦朧としてくる。

「その手の中にあるパンツを、窓に向かって広げて見せてよ」

男はどこまでも私を辱めるつもりのようだった。さっきは私を愛していると言っていたが、これが彼なりの愛情表現だとしたら、変態のサディストの気持ちは私には理解できそうになかった。

男の要求に従う。

「広げたわ」

「いやらしい体液で、べっとりと濡れているよ」

「う、嘘よ……」

男の挑発だとはわかっていた。それなのに、男にそう指摘されると、本当にいやらしく濡らしてしまったような気がしてくる。私は無意識に太腿をすり合わせて、脚を捩ってしまった。

男の視線を感じる。体が火照る。自分の鼓動の高鳴りが聞こえるようだった。テーブルの上に置かれた携帯電話のスピーカーから、男の声が私に命令する。

舌を噛んで死んでしまいたいくらい恥ずかしい命令なのに、私はそれに逆らうことができない。そんなことをすれば、私だけでなく更紗や美涼のヌード写真までが、男の手によってインターネット上に流れてしまうのだ。

彼女達に迷惑を掛けることは絶対にできない。私がどんな辱めを受けることになっても、更紗や美涼だけは守ってあげなくてはならないのだ。

私は歯を食いしばって、男の視線に耐えた。

「そんなにあそこを濡らして、いやらしい姿を見られると興奮するみたいだね？」

「濡らしてなんかいないです」

「あんなに官能的な小説を書く薫さんだからね。いつも頭の中は淫らな妄想でいっぱいなんでしょう。裸を見られて、うれしいんじゃない？」

男の挑発が続く。

「どうせオナニーさせるんでしょ。さっさと命令してください」

携帯電話の向こうで、男が笑う。

「なんだ、全裸になった途端、もうオナニーの催促かい？　でも、もう少し我慢してよ。薫さんにはその前にやってもらわなくちゃいけないことがあるんだから」

「な、何をさせるの？」

「携帯電話はそのままにして、家庭用電話を使ってピザを注文して欲しいんだ。僕がいつも出前を頼んでいる店の番号を今から言うから、そこに掛けてね」

ピザ屋に出前を頼むなんて……　男の意図を察して、私は絶望的な気分になった。この男は、スポニチの私の連載小説を読んでいるのだ。

「あ、あなた、まさか……」

「あのスポニチの小説はすごく面白いよ。全裸でピザ屋の出前を待つなんてアイデア、どうやって考えたの？」

「ねえ、お願いよ。そんな酷いことはさせないで」

男は私のそんな願いなど無視して、ピザ屋の電話番号を口にした。仕方なく、家庭用電話を使って、その番号に掛ける。

電話口に若い男の子が出た。清々しい声で、注文を取る。私は男に言われた通りに、ピザを一枚注文した。二十分ほどで配達できると言われる。本名と住所と電話番号を伝えると、私は溜息をつきながら電話を切った。

「大丈夫だよ。君と長崎薫が同一人物だなんて、どうせばれやしないから」

「あなた、酷い人ね」

「それもこれも、みんな薫さんのせいだよ。さて、そろそろオナニーしてもらうかな」

「どうしても、させるのね」

「薫さんのこと、愛しているからね。さあ、ソファに座って、窓に向かってM字開脚をしてくれよ。オナニーはバイブを使ってやるんだよ。バイブのスイッチはちゃんと一番強くに入れてね。望遠鏡でずっと見ているから、ズルしてもすぐわかるよ。ほら、早くしないと、ピザ屋さんが来ちゃうよ」

男がそう言って笑った。私は意志を失った人形のように、男の言葉に素直に従う。

ソファに身を沈め、膝を抱えるようにして、体を大きく開く。女としてこれ以上有り得ないほど屈辱的な格好になった。剝き出しになった性器に、男の強い視線を感じる。

「見てるの？」

「ああ、よく見えるよ。あそこがもう濡れている」

「う、嘘よ」

左手の人差し指と親指を舐めて、唾液をつける。そのまま乳首を摘んで、ゆっくりと擦り上げていった。すぐに勃起して尖ってくる。

私は右手でバイブレーターを強く握り締めた。バイブレーターの先端部分で、クリトリスを嬲る。その度に私の体に電流が走った。体が小刻みに飛び跳ねる。

柔らかくて滑るようなシリコンのペニスが、私の一番敏感な場所を刺激していく。いつもと同じ手順で、私は自分の体を高ぶらせた。

生理が近くなると、私の肉体は欲望を持ち始める。仕事で官能小説を書いているときなど、自分で想像した淫らな性描写に、性器が熱くなることもあった。

そんなとき、恋人のいない私は、机の引き出しに隠してあるバイブレーターを取り出し、自分の制御不能の欲望を鎮めにかかる。

慣れ親しんだ快楽への期待に、性器が潤みを溢れ出させた。いつもと同じ手順で、性欲によって理性を追い詰めていく。

唯一違うのは、本来は秘密であるはずの淫靡な作業を、今は見知らぬ男によって望遠鏡で覗かれているということだけだ。

鳥肌が広がる。絶望的な恥ずかしさの中で自分の肉体を追い込んでいく作業は、ひどく刹那的で、興奮した。私はそんな自分に嫌悪感を覚える。

「すごい濡れ方だね。糸を引きながら、キラキラ光ってる」

閉じた瞼の向こうに広がる深い闇の中で、男が私に語り掛ける。男の淫らな言葉に包み込まれる。まるで耳元で囁かれているみたいだ。

「いやっ」

少しずつ、私の言葉が意味を失っていく。

性器から流れ出した大量の体液は、太腿を伝わってソファを汚しているに違いない。しかし、バイブレーターがもたらす快楽の行方を知り尽くしている私の肉体は、もう引き返すことができない。

理性が欲望に押し潰され、肉体が暴走する。

「薫さん、あそこにバイブを突っ込んでよ」

男の言葉が、愛の囁きにさえ聞こえる。私はリモコン操縦されているロボットのように、少しの躊躇いもなくその命令に従った。逆手に持ち替えたバイブレーターを、性器に突き立てる。

「あああああっ！」

食いしばった歯の隙間から零れ出る私の淫靡な声。すぐにそれは啜り泣きに変わるだろう。

私はバイブレーターを、体の一番奥深くまで突き刺した。子宮が押し上げられ、吐き気がする。あまりの快楽に、涙が零れた。

続けてその先端部分が見える直前まで、力を込めて引き抜く。内臓が引っ張り出されるようなおぞましい感覚に、堪らず悲鳴を上げた。

「ああっ！　いやっ！」

「薫さん、凄いよ。もっと、激しくして！」

脳裏にさっき見た、勃起したペニスを扱《しご》く男の姿が映し出される。頭の中までは男には見えないのだから、何を想像してオナニーしようがかまわないはずなのに、私はどうしてもあの男の姿を思い浮かべてしまう。

「あああああっ、だめっ。いやっ」

「薫さんと一緒に僕も気持ち良くなってるよ。薫さんももっと激しくして」

男の言葉が呪文のように、私の体を操っていく。私はバイブレーターを両手で摑み、激しく前後に動かした。

「あうううっ。いやぁ。だめっ。凄い！」

これ以上、手を動かしてはいけないと、私の理性が語り掛ける。しかし、それを無視して、さらに激しく性器を責め立てようとするもう一人の私がいた。

「そろそろバイブのスイッチを入れてよ」

私は無意識に頷いていた。

硬く尖った乳首の先端を強く捻る。痛みと快楽がぐちゃぐちゃに混ざりながら、私の中に充満していった。泣きたいくらい気持ちいい。体の痙攣が止まらなくなる。

「ああっ、どうしよう。凄く気持ちがいい」

「薫さん、僕も気持ち良くなってきたよ」

携帯電話の向こうでは、男もオナニーをしているに違いない。荒い息遣いが、さらに激しさを増してきた。私の淫らな姿が、男の興奮を高める材料になっているのだ。窓の外の闇に向かって、私はさらに体を開いていく。

「見えるの？」

「見えるよ。薫さんのあそこに、太くて長いバイブが出たり入ったりしているのが見えるよ」

「恥ずかしい」

死ぬほど恥ずかしい。それなのにバイブレーターを動かす手を止められない。何もかもがどうでもよくなった。今は湧き上がる快楽に、この身を任せたいとさえ思う。

「薫さん、早くスイッチを入れて」

苦痛を訴えるような男の声。私の淫らな姿を見ながら、見知らぬ男がオナニーしているのだ。私の性器が潤みで溢れる。

震える指先で、私はバイブレーターのスイッチを入れた。

「あうううっ！」

性器の中のすべての神経を掻き回されるような強烈な刺激に、体を大きく仰け反らせた。堪らなくなってきつく目を閉じる。そうすると、快楽がさらに何倍にも増幅されたように感じられた。

バイブレーターが私の性器を抉り続ける。生身のペニスでは絶対に有り得ないような動きと力強さで、一秒の絶え間もなく私を責め立てる。

私は目から涙を、口からは涎を、そして性器からは体液を止め処なく流し続けた。気が変になりそうだった。息ができない。意識が朦朧としてくる。堕ちる。

無機質な二股のバイブレーターによって、私は性器の奥深くとクリトリスを同時に犯され、快楽に溺れている。その堕ちた姿を、見知らぬ男のオナニーの材料にされているのだ。

「だめっ、いやっ、苦しい。もう、許して」

「もっと激しく手を動かして」

「そんなぁ、だめっ。死んじゃう」

言葉とは裏腹に、激しく首を振り続けているバイブレーターを、私は両手で強く握って動かし続ける。

私の淫らな姿を見られている。涎を溢れさせた赤い唇も、硬く尖った乳首も、体液に溶け出した性器も、すべてが男の視線に晒されているのだ。

「薫さん、いやらしいよ」

「言わないで」

「ああっ、僕もすごい感じる」

私の手の動きが限界まで速くなった。

「もうだめっ。いきそう」

「まだだめだ。僕がいくまで、我慢するんだ」

「無理です。お願い。もう、我慢できないです」

激しいバイブレーターの振動に、クリトリスの感覚がおかしくなる。ちょっとでも気を抜くと、意識が溶け切っている私の肉体は、簡単に絶頂を迎えてしまうだろう。私は必死になって、それに耐える。

「もう、無理。我慢できない！」

「まだ、いっちゃだめだ」

非情な男の言葉。私の頭の中は、すでに性欲だけでいっぱいになっている。

「あああっ、お願い。お願いよぉ。いかせて。いかせてください」

「だめだよ。僕はまだいってないんだ。僕が射精するまで、薫さんはいっちゃだめだからね」

男はさっき住宅街で、私に見られながら射精をしていた。二度目だけに余裕があるのか、なかなか射精してくれない。

そもそも使い慣れた二股のバイブレーターで、自分の一番感じるやり方をして、クリトリスとヴァギナを同時に責め立てている私は、手淫のみの男に比べて圧倒的に不利だ。

私はほとんど気を失い掛けながらも、必死になって絶頂に達するのを自制していた。しかし、それもすでに限界を遥かに超えている。

「お願いです！　もう、無理です。あああっ、死んじゃう！」

「うおおおっ！　薫さん、僕もいきそうになってきた。もう少しの辛抱だよ」

「あああっ、ほんとにもう無理です。いやぁぁぁ。お願いです。早く、早くいってください」

男が携帯電話の向こうで叫ぶ。

「ううっ、すごいよ。薫さんが僕に『いって』なんてお願いしている。ああっ、やばいよ。もっとそれ、言ってよ」

私の体が勝手に震え出す。私は自分の太腿に爪を立て、その痛みで絶頂に達しそうになるのを押し止めた。肌に爪が突き刺さるのも、すでにほとんど感じなくなっている。

「お願いです。いってください。射精してください。私がオナニーしているのを見ながら、どうぞ、いやらしい精子をいっぱい出してください」

「ううう っ、興奮するよ。先っぽからいやらしい液がいっぱい出てきた。薫さん、僕もいきそうだ」

「いってください。私の大きなおっぱいやぐちゃぐちゃになったあそこを見ながら、いっぱい精液を出してください。私のあそこにバイブが出し入れしているの、見えますか?」

今はとにかく男を一刻も早く射精させなければならない。私は男の興奮をさらに高めようと、思いつく限りの淫らな言葉を繰り返した。

「おおおっ、すごい。薫さんの官能小説みたいだね。エッチな言葉がいっぱい出てきた。あっ、ほんとに僕もやばくなってきた」

「ああああっ、私ももうだめです。ほんとにもう我慢できない。いっちゃうわ」

「僕ももう無理だ」

鼻の奥に独特の香りが湧き出す。体が痺れた。息ができない。苦しかった。

「ああっ、許して。いくわ」

「おおおっ、僕もいくよ」

「あううううっ、いくっ！」

「うおおおおっ、いくっ！」

体が飛び跳ねる。目を開けていられなくなる。歯を食いしばって、体の中で荒れ狂う巨大な波を受け止めた。

「すごいっ。死んじゃう」

涙が止まらない。首が前後に激しく揺れる。視界が真っ暗になった。

私の体が痙攣を続けている。全身にビッショリと汗を掻いていた。性器から抜け落ちたバイブレーターが床の上に転がり、スイッチが入ったままクネクネと妙な動きをして唸りをあげている。

私は体中の力が抜けてしまい、ぐったりとソファに崩れ落ちた。息を吸う度に、神経を直接引っ張られたように、体がビクンと飛び跳ねてしまう。

携帯電話のスピーカーからは、まだ男の荒い息遣いが聞こえていた。私は焦点の定まらぬ瞳を、ぼんやりと暗い窓の外に向ける。ひどい倦怠感と脱力感に、体を動かすこともできなかった。

「薫さんってすごい潮を吹くんだね。びっくりしちゃったよ」

少し落ち着いてきたのか、男が話し掛けてきた。我に返った私は、慌てて広げていた両脚を閉じる。

そのときだった。インターフォンが鳴った。私はソファの上でビクリと体を震わせ、慌てて跳ね起きた。

「ピザ屋さんが来たみたいだね」

楽しそうな男の声が、スピーカーを通して部屋に響く。

「お願いです。許してください」

これからさせられることを想像して、私は男に許しを乞う。しかし、その願いが決して受け入れられないことは、私自身が一番よく知っていた。

「そのままの格好で、代金を払って、ピザを受け取るんだよ」

「そんなこと、絶対に無理です」

「大丈夫さ。どうせピザの配達なんて、高校生のアルバイトだよ。さすがに薫さんの官能小説までは読んでないだろうし、だいたい君が長崎薫だなんて、ばれるわけないんだし」

そう言いながら、男が笑う。

「そういう問題じゃないです」

催促するように、再びインターフォンが鳴った。

「ほら、早く行かないと配達員が帰っちゃうよ。薫さんのことをこんなに愛している僕の言うことを聞けないというのなら、もうどうなったって知らないからね」

この男は盗撮した私の淫らな写真をたくさん持っているのだ。もともとそんなことを平気でするような男だ。私に拒絶されたと思ったら、平気でその写真をネットで公開してしまうことだろう。

愛情が深ければ深いほど、拒絶されたときの憎しみも大きなものになる。

インターフォンが鳴った。イライラしたように、続けて二回鳴らされる。私は諦めて玄関に向かった。

「わかりました。やります。その代わり、必ず写真は返してくださいね」

財布を手に取ると、全裸のまま、玄関に向かう。

「あっ、薫さん、忘れ物だよ」

「えっ？」

「そこに落ちているバイブを持って行って。手に持ったままで応対するんだよ。もちろんスイッチは入ったままだからね」

「そ、そんな……。なんて言えばいいの？」

「正直に言えばいいんだよ。ちょうどオナニーしてたところだったんですってね。裸の言い訳にもなるでしょ」

そう言って、男は笑った。

みるみると顔から血の気が引いていくのがわかる。立ちくらみのように、踏み出した足元がグルグルと回り出す。

私は全裸のまま、玄関に向かって歩き出す。右手にはヴィトンのモノグラムの財布、そして左手にはスイッチが入ったままのバイブレーターが握られていた。ウインウインとけたたましくモーターの音が鳴り響く。

この玄関を開けると、そこにはピザ屋の配達員が立っているはずだった。まさか小説のように、ピザ屋と思わせておいて実はあの男が立っていた、などというオチにはならない。なぜなら、男の命令で注文の電話をしたのは、私自身なのだから。ドアの向こうには、間違いなくピザ屋の配達員が立っているだろう。

ピザ屋さんはどんな人だろうか。男が言っていたように、高校生のアルバイトかもしれない。私は注文をしたときに電話口に出た、清々しい声の男の子のことを思い出した。あの声の印象だと、かなり若そうだった。彼が配達にくるのだろうか。もしそうだとしたら、私より年下かもしれない。

彼はドアが開いた瞬間にそこに全裸の女がいたら、なんて思うだろうか。きっと、いやらしい変態の女子大生が、欲求不満からおかしなことをしていると思うに違いない。

男子高校生なんてみんなやりたい盛りだろうから、もしかしたら興奮してそのまま私をその場で押し倒すかもしれない。たとえそうなったとしても、全裸でドアを開けた私の方が悪いのだ。文句など言えないだろう。

怖かった。私は女流作家として官能小説を書いてはいたが、別に淫乱ではない。

愛人関係にある山崎さんとは、数年にわたってSMの関係を続けてはいたが、恋人というものを持ったことがない私は、男性経験は彼以外まったくなかった。見知らぬ男性に性的に乱暴されるかもしれないと思うと、恐怖で足が竦んだ。

想像を絶するほどの淫らな露出プレイ。スポニチで連載した官能小説の中で私が書いたシーンを、まさか自分自身がそれを読んだファンの男に命令されて、実際にやらされることになるとは、夢にも思わなかった。目に涙が滲む。

インターフォンが鳴った。まるで怒られたみたいに、私の体が縮こまる。私は震える手で、ドアを開けた。

そこにはピザ屋のロゴの入った真っ赤なウインドブレイカーを着た高校生くらいの男の子が立っていた。純真と実直を絵に描いたような真っ直ぐな笑顔。それが見る間に驚きに強張《こわば》っていく。

「あ、あの、ピザをお届けに上がり……」

ぽかんと口を開けたまま、次の言葉を失ってしまった。清々しい声。まちがいない。注文のときのあの男の子だった。

「ご、ごめんなさい……」

私は真っ赤になって俯きながら、彼に謝る。

彼が体を凍りつかせたまま、私の体に視線を這わせた。私の乳房も、薄いアンダーヘアも、その奥の性器の割れ目も、すべてが露になっている。

彼が生唾を飲み込んだ音が聞こえた気がした。

「す、すみません。あの、注文をいただいたピザを配達に来たんですけど」

いけないのは私なのに、ピザ屋の配達員の彼の方が謝まっていた。言葉遣いもしっかりとしている。今どきの高校生にしては、かなりきちんとした印象を受けた。ジャニーズ系の甘いマスクに、清々しい声がよく似合っている。そんな彼に、私は酷いことをしていた。

バイトとしてピザを配達に来てみると、全裸の女子大生が動いたままのバイブレーターを持ったまま、ドアを開けたのだ。

純真そうな男の子。さぞかし、驚いたに違いない。もしかしたら、バイブレーターがいったいなんに使うものなのか、それすらも知らないんじゃないだろうか。

私は酷く罪悪感に打ちのめされる。それと同時に、自分がどれだけいやらしく淫らなことをしているのか、あまりの恥ずかしさに眩暈がしてくるほどだった。

「ううん。いけないのは私の方なんです。こんな格好でごめんね」

私が謝罪の言葉を口にしたのを聞いて、彼が安堵の表情を浮かべる。

「どうして、裸なんですか？」

彼にしては単純な疑問なのだろう。もし私に困った事態でも起きていれば助けてあげたい、というような善意の気持ちもあったのかもしれない。しかし、それは私にとって、鞭で打たれるような残酷な問い掛けだった。

「そ、それは……」

「大丈夫ですか？」

彼が心配そうに、俯き加減の私の顔を覗き込む。私は覚悟を決めた。

「ええ、大丈夫よ。今ね、ちょうどオナニーをしていたところだったの」

今も繋がったままの携帯電話で、私達のやり取りを聞いているであろうあの男のことを意識して、私はわざといやらしい言い方をした。

「オナニーですか？」

彼はびっくりしたようで、目を丸くしている。

「そうよ、オナニーしていたの。女の子だって、男の人みたいにオナニーするのよ。君だってオナニーくらいするでしょう？」

「えっ、いや、僕はその……」

彼が困った顔をしている。

「君が来るまで寂しかったから、一人でオナニーしていたの。でも大丈夫。ちゃんと最後までいけたから。それでドアを開けるのが遅れちゃったのよ。ごめんなさいね」

そう言って、私は手に持ったバイブレーターを彼の方に突き出して見せた。まだ先端が私の体液で濡れて光っているそれを見て、彼が顔をしかめた。私は何でもないように彼に笑顔を向けたが、引き攣った笑いをうまく誤魔化せたかどうか、自信はなかった。

彼の顔つきが変わる。先ほどまでの戸惑いの表情が、一瞬にして好色な大人の男のものになった。醜い牡《おす》の匂いがする。

でも、いけないのは私の方だ。まじめなバイトの高校生を、淫らな性の遊戯に巻き込んでしまったのだ。すべての責任は私にあるのだから、彼の変化を責めることはできない。

「きれいな体ですね。おっぱいもすごく大きい」

彼の視線が私の体を舐めていく。私は手で隠したいのを必死で我慢した。

いけないのは、私なのだ。彼の欲望は、すべて受け止めてあげなくてはいけないと思う。

「恥ずかしいわ」

私は両手を下ろすと、顔だけを彼の熱い視線から背けた。

「おっぱい、触ってもいいですか？」

銀色の保温ケースに入ったピザを足元に置くと、私の顔色を窺いながら、恐るおそる彼が手を伸ばしてきた。

その手を拒否しようかどうか一瞬迷ったが、結局私の体はピクリとも動かなかった。

携帯電話の向こうで聞いているあの男を意識したということもあるし、バイトの高校生を淫らな欲望の世界に引き摺り込んでしまったという罪悪感もあった。しかし、私自身が甘美で倒錯的なこの状況に興奮していたというのが、本当のところかもしれない。

私はそのことに気づいていながら認めたくなくて、小さく首を振った。

私の乳首に触れる寸前に、彼がその手を止める。

「す、すみません」

怯《おび》えた様子で、何度も頭を下げた。

「ううん、違うの。気にしないで。私の胸でよかったら、どうぞ好きなように触ってください」

吐き出す息が熱い。自分の声なのに、まるで誰か他人がしゃべっているように聞こえる。

彼の手が私の乳房を鷲摑みにした。少しずつ力が籠《こも》ってくる。柔らかな乳房の肉が、押し潰されて彼の指の間からはみ出す。

「柔らかいです。それに、すごく大きい」

硬く尖り出した乳首を摘まれる。

「あああっ」

ゾクゾクとする感覚に襲われ、私はバイブレーターを落としてしまった。床の上で音を立てバイブレーターが暴れまわる。彼がそれを拾った。

「こんなの、使っていたんですか？」

私の顔が恥ずかしさに火照る。おそらく真っ赤に染まっていることだろう。私は目を瞑って、小さく頷いた。

「お姉さんみたいなきれいな人が、こんなものを使うなんて、信じられません」

純真そうな彼。その真っ直ぐさが、私の胸を抉る。彼はきっと童貞だろう。まだ女性の性欲に触れたこともないはずだ。私はそんな彼を傷つけることによって、さらに自分を淫らに貶《おとし》めたいという衝動に駆られた。

「これを使って、さっきまでオナニーしていたのよ」

「そ、そんなこと……」

「女の子の体、ちゃんと見たことないでしょう？」

「あります」

「どうせ、ＡＶでしょう。本物の女の子の裸を見たことあるの？」

彼が目を伏せ、首を横に振った。私は財布からピザの代金を取り出すと、それを足元に置く。そしてその前に腰を下ろすと、ゆっくりと両足を開き、興奮に潤んでいる性器を指で開いた。

「な、何をするんです」

「代金ならここにあるわ。こっちにいらっしゃい」

私はいったい何をやっているのだろう。高校生の男の子を誘惑している自分が信じられない。ストーカー男に強請《ゆす》られて、淫らなことをされているうちに、頭がどうかしてしまったのに違いない。

彼が私の足元に屈《かが》み込み、代金に手を伸ばした。私はその手を摑む。

「そのバイブをここに突き刺して！」

私は潤んだ瞳で彼を見つめた。自分が口にした言葉によって、さらに体が興奮していく。

「そ、そんな、困ります」

本当に困った様子の彼を見ていると、さらに意地悪したくなってしまう。

私はバイブレーターを持ったままの彼の手首を両手で摑むと、自分の体の方に強く引き寄せた。

バイブレーターの先端を、濡れて口を開けた性器に押し当てる。モーターの振動が性器を震わす。その快楽を覚えている私の体が、条件反射で大量の体液を溢れさせた。

驚いた顔でそれを見ている彼。さっきまで死ぬほど恥ずかしかったのに、今は全裸の体を開き、淫らなことをしている自分に興奮してしまう。暴走していく自分が止められない。

「入れるわ。見える？」

彼が唾を飲み込む様子がかわいい。私は両手にさらに力を込め、バイブレーターを性器に突き立てた。

「あうううっ」

大きな声で呻き、体を仰け反らせた私の様子に驚き、彼がバイブレーターを離してしまう。

私の両手の中から、彼の腕がするりと抜け出た。

私はそれを恨めしげに見つめる。自分でバイブレーターを摑むと、前後に動かし始めた。

さっき絶頂を迎えたばかりの性器が、すぐにバイブレーターに絡みついていく。押し寄せる怒濤の快楽に、私は理性を崩壊させた。

「あああっ、すごいっ」

高校生の男の子に見られながら、淫らな玩具で自瀆《じとく》する倒錯的な行為に、脳みそが溶けていくような興奮を感じる。

もうだめだと思った。堕ちていく。その感覚さえも、甘美に感じた。

ストーカー男に脅され、自慰行為を覗かせてしまった。そして今度は全裸でピザ屋の配達員の男子高校生を迎え、バイブレーターで性器を汚す姿を見せている。

私が書く官能小説でさえ、こんな淫らではなかった。

なんでこんなことになってしまったのだろう。一度ずれた歯車は、どんどんとその歪みを大きくしていく。

「ちゃんと見てる？」

「み、見てます」

「私のあそこ、どんなふうになってる？」

「すごいです」

「すごいって、どんなふうにすごいの。ちゃんと言ってみて」

「こんなに太くて大きいのが、奥まで全部入ってます。信じられません」

「女の子の体はね、男の人の欲望を、それがどんなに大きくたって、ちゃんと受け入れられるようにできているのよ」

「ああっ、すごいです」

彼が私の性器を見つめているのがわかる。吐く息が私の肌に降りかかるくらい顔を近づけ、熱い眼差しを送ってくる。

死ぬほど恥ずかしかった。それが死ぬほど気持ちいい。

「あああぁっ、いいわっ」

私は手を動かすスピードを上げた。聞くに耐えないような淫らな音が、私の性器から溢れ出ていく。絶頂が近づいていた。続けて二度目なので、体がいきやすくなっている。

「ああっ、もうだめ。いくっ！」

手足が硬直した後、体が激しく痙攣を始めた。泣きたいくらい気持ち良かった。

「あううっ、だめっ！」

私は目をきつく閉じ、絶叫するように叫んだ。まるで高圧電流を流されたみたいに、体の痙攣が止まらない。閉じた瞼の隙間から、涙が一滴零れ落ちた。

「あっ、僕も。ああっ」

彼が女の子みたいな声をあげると、股間を押さえ、体を震わせている。その姿が靄のかかった視界の中に、ぼんやりと見えた。ビクビクと体を震わせ、ズボンの前を両手で摑んでいる。

二人でお互いの絶頂を確認しながら、快楽の深淵《しんえん》に身を落とす。心臓が破裂しそうなくらい興奮した。本当に死ぬかと思った。

痙攣が少しずつ引いていくと、私は全身の筋肉を弛緩させて、その場で動けなくなる。彼は私に対してまるで汚いものか何かを見るような視線を送った後、逃げるように部屋を出ていった。

叩き付けられるように、ドアが閉まる。その音の激しさに、私はひどく打ちのめされた。大声をあげて泣きたくなる。どうしていいかわからない。悲しさと惨めさが体中に溢れ出し、体に開いた穴という穴から零れ出していくような感じがした。私は呆然としたまま、ずっとそこに座っていた。

どれくらいそうしていたのだろうか。突然、玄関のドアが開いた。

夜の凜《りん》とした空気が部屋に入ってくる。全裸で玄関に座り込んだままだった私は、ビクッとして、来訪者を見上げた。

「薫、そんな格好で何してるの？」

「更紗、急にどうしたの？」

こんな夜に突然やってきたのは、更紗だった。

「仕事帰りに何だか薫に会いたくなっちゃってね。それよりどうしたの？　玄関に鍵も掛けずにしかも裸で」

更紗の顔を見たとたん、抑えていた感情の堰《せき》が決壊した。

「さらさぁ！」

私は大声で泣き出した。その様子に驚いたようで、更紗は私を立ち上がらせると、その体を強く抱き締め、髪を優しく撫でてくれる。

更紗の匂いがした。アロママッサージのお店で働く彼女の体からは、いつも幾種類かのアロマオイルが交じり合った匂いがする。私は鼻水を啜りながら、その匂いを胸いっぱいに吸い込んだ。

更紗が私の裸の背中を撫でてくれる。その指先が気持ちいい。馴れ親しんだ更紗の甘美な指先が、私の肌の上をゆっくりと滑る。

更紗が私の腰を抱いて、部屋の奥に入っていく。窓の側のソファに私を座らせると、自分もその隣に腰掛ける。

ミニスカートから真っ直ぐに伸びたしなやかな脚が、私の太腿に触れた。私の火照った肌には、それはひんやりとしていて気持ち良かった。

「薫、いったい何があったの？」

私は涙を拭いもせず、黙って俯いた。

「あたしのかわいい薫。もう泣かないで。あたしが元気にしてあげるから」

更紗が私の顎に指を掛けると、唇を重ねてきた。甘美で熱いくちづけ。私は動けなくなった。

更紗の舌が、私の震える唇を抉《こ》じ開ける。歯の先に、柔らかい舌の感触。それだけで、私は濡れてしまう。

更紗の指先、更紗の匂い、更紗の肌、そして更紗の舌の感触。オナニーで立て続けに二回もいったばかりの私の肉体は、彼女の存在を感じるだけで、制御不能に陥ってしまった。

私は堪らなくなって、彼女の舌に自分から舌を絡める。ぬめっとしていて、少しだけざらついていて、体が痺れるくらい甘かった。私の口の中いっぱいに、そのなんとも言えない味わいが広がっていく。

更紗が唇を離す。彼女の吐く息を、私はばれないようにこっそりと吸い込んだ。頭が痺れるくらい気持ちがいい。

「これ、落ちていたけど、玄関で何をしていたの？」

更紗の手に、さっきまで私が使っていたバイブレーターが握られていた。私は凍りつく。

「そ、それは……」

「ふーん、薫ってこういうの使ってるんだ。以前、私が先生に秋葉原のアダルトショップに連れて行かれたときのことを話したら、澄ましていたよね？　でも、実は薫もあの店のこと、よく知っていたんじゃないの？」

私は目を伏せる。

「べ、別に隠していたわけじゃないのよ」

更紗がちょっと怒った顔で私のことを睨んだ。

「私ばっかりバイブで恥ずかしいことをしている話をさせられて、変態みたいに思われてるんじゃないかと、心配だったんだよ。でも、薫もこういうのが好きみたいで、けっこう安心した。さっき、いったばかりだったんでしょう？」

更紗がバイブレーターを私の鼻先にかざす。

「ち、違うの。これには訳があるの」

「はいはい、確かに訳があるわよね。そうでなかったら、素っ裸で玄関の鍵も掛けず、こんなものを使ってオナニーなんて、普通の女の子はしないものねー。薫が私以上の変態で良かった。今夜は私が相手してあげるから」

更紗が私の腰を抱き寄せる。太腿を開かされ、性器に指を入れられた。

「あんっ、そんな……」

「ちょっと触っただけなのにいやらしい声を上げたりして、ほんと薫って変態ね」

更紗の指先が、私の奥深くに侵入してくる。女の子にしかわからない一番切なくなってしまうポイントを、彼女の指先が適確に責めてきた。

「あううっ、だめっ。違うの、更紗やめて」

携帯電話はテーブルの上で繋がったままだ。スピーカーフォン状態になっているので、私達の声はすべてあの男に聞こえているはずだった。部屋の灯りもついている。きっと望遠鏡で覗かれているに違いない。

「薫、とってもかわいいわ」

「だめよ、違うの。更紗、お願いだから私の話を聞いてちょうだい」

あの男のことを説明しようとした瞬間、再び更紗に唇を塞がれた。息ができない。死ぬほど甘美なくちづけだった。

更紗の舌が私の舌を舐め取っていく。舌先が触れ合うたびに、ピリピリとした痺れが、頭の中に広がった。

混ざり合う唾液を、夢中になって啜る。淫らな音がしてしまうが、まったく気にならない。むしろ意地になるように、音を立てて啜った。嬉しくて嬉しくて、頬を涙が伝う。

更紗が唇を離した。私は離れたくなくて、その唇をついつい追ってしまう。彼女が立ち上がり、私を見下ろした。

「薫だけが裸なんてかわいそうだから、あたしも脱いであげるね」

更紗が服を脱いでいく。

モカチョコ色のニットのミニ丈ワンピースを、太腿のところから手繰り上げ、頭からすっぽりと脱ぐ。上下お揃いの濃紺のランジェリーが、彼女の牝豹のような野性的な体に張り付いていた。

ハーフカップの胸元からは、寄せ上げられた形の良い乳房がその大部分をはみ出させている。いつ見ても柔らかそうなおっぱいだと思った。男性でなくても、あの胸の膨らみを自由にしてみたいと思ってしまうのは当然のことだと思う。

セットのショーツはTバックで、フロントも大胆なハイレグカットになっている。漆黒のアンダーヘアが少しはみ出していた。

更紗が背中に手を廻し、ブラジャーのホックを外す。次の瞬間、足元にブラジャーが落ちた。白い胸の頂に、チェリーのような乳首が見える。

「薫みたいに大きくないから、恥ずかしいな。ねえ、どうしたらおっぱいがそんなに大きくなるの?」

更紗の視線を追って、私は自分の胸を見る。更紗の美しい乳房に比べると、私のはやたらに大き過ぎて、ひどく淫らに見えた。

更紗がショーツに指を掛けた。スルスルと肌の上を滑らせ、両足を抜いていく。

いけないと思った。今もあのストーカー男が、望遠鏡でこの部屋を覗いているのだ。

私だけだったらどんな辱めも受け入れる。でも、更紗の美しい体だけは、あんな男に見せたくない。

「更紗、いけないわ」

「薫はあたしのこと、嫌いなの？」

形の良い眉毛を傾けて、更紗が悲しげな顔をする。それだけで私の胸はナイフで抉られたような痛みを感じた。

全裸の更紗が私の隣に座った。私をソファに押し倒し、体を重ねる。

更紗の感触。更紗の重み。そして更紗の匂いが、洪水のように押し寄せる。溺れた私は息もできなくなった。

もう体も動かない。すべてがどうでも良くなっていく。死ぬほど愛した更紗に、こうやって抱いてもらっているのだ。

何度この情景を夢に見たことだろう。甘美な夢の中で彼女の肌の猥雑さと美しさを味わい尽くしてきたが、今はそれが苦しいくらいリアルに感じられている。

「ああっ、更紗。あなたのことが好きよ」

泣きながら、私はその言葉を口にする。更紗が私の言葉を飲み込むように、深いくちづけをしてくれた。

いつの間にか更紗の手にストッキングが握られている。

「薫、腕を後ろに廻して」

彼女の意図を察して、私は怯えた顔で訴えた。

「ああっ、そんなこと、恥ずかしいわ」

「だめよ、薫の書いた小説のおかげで、あたしは先生からいっぱい恥ずかしいことをされたんだからね。今夜はあたしが薫に同じことをしてあげる」

更紗が私を見つめた。私はそれだけで抵抗する気持ちが失せてしまう。素直に両腕を背中に廻した。

更紗が私の手首をストッキングで縛っていく。私はもう自分の裸の体を隠すことさえできなくなった。

「ああっ、恥ずかしいよ」

「もっともっとよくしてあげるからね」

更紗がバイブレーターを手にする。舌なめずりをしながら、私を再びソファに押し倒した。

「そ、そんなもの、使わないで！」

「嘘、これが大好きなくせに」

彼女の言葉による責めだけで、もう私の体は、腰が抜けたみたいに動けなくなってしまう。

バイブレーターの先端が、性器を押し広げていった。

「あううっ、恥ずかしい」

「薫、もっと脚を大きく開いて」

更紗が私の太腿に手を当て、脚を大きく広げていく。私はまったく抵抗できない。ソファの上で信じられないくらい淫らな格好をして、更紗の手に握られた巨大なバイブレーターを受け入れた。

「あああっ、いやっ」

「薫、すごいわ。こんなに大きいのが全部入った。スイッチを入れてあげるわね」

「いやっ、怖い」

「おもいっきり感じていいのよ」

スイッチが入れられる。

「ひいいいいっ」

巨大なペニス形のシリコンが、私の内臓を掻き廻した。二股になったローターが、勃起して包皮から飛び出してしまったクリトリスを嬲り続ける。

強烈な刺激に意識が吹っ飛ぶ。自分の体が自分のものでなくなったような気がした。快楽だけをひたすらに求め続ける。

「薫、すごいよ」

「だめ、許してっ！　死んじゃう！」

愛する更紗によって、快楽の絶頂に高められていく愉楽。肉体と精神が同時に溶けていく。涙が止まらない。

更紗が私の乳首を吸う。

「噛んで。もっと強く噛んで」

バイブレーターの激し過ぎる刺激に、ちょっとでも気を抜くといってしまいそうになる。私は少しでも長くこの快楽を味わい続けるために、まったく別の強い刺激を求めた。乳首に歯を当ててもらう痛みで、快楽の刺激を紛らわせようと試みる。

更紗が乳首を強く噛む。興奮に硬く尖った乳首に、歯の先が食い込む。

「あああっ、すごい。死んじゃう」

更紗がさらに激しくバイブレーターで私の性器を抉った。

「ああっ、もうだめ。いきそう」

「まだ、いっちゃだめよ。そろそろスペシャルゲストが来るころなんだから」

「スペシャルゲストって？」

更紗の突然の言葉に、私は驚いて顔を上げた。

「心配しないで。玄関の鍵は開けたままにしてあるから」

「そういうことじゃなくて……いったい、誰がくるの？」

私は不安な眼差しを更紗に向ける。

「薫はそんなこと気にしなくていいから、このバイブで気持ちよくなってればいいのよ」

バイブレーターが一際奥まで突っ込まれた。子宮が押し上げられ、吐き気がするほどの快楽が、私の体を突き抜ける。

「あううう！　そ、そんなぁ」

「薫って、潮吹きさんだったのね。AVとかでは見たことあったけど、本当にそういう子がいるなんて、知らなかったわ」

更紗がバイブレーターを抜き差しするたびに、私の性器からはおしっこを漏らしたように、大量の液体が勢いよく噴出した。

「ううっ、恥ずかしい」

そのときだった。インターフォンが鳴った。私はビクリッと体を震わせる。

「先生が来たわ」

「えっ、先生？　どういうこと？」

戸惑う私に、更紗が澄ました顔で答える。

「先生のことは何度も話したよね？　あたしのお店の常連さんで、電話番号を聞かれたのをきっかけに、外で食事したりするようになった男性」

「う、うん」

「薫が彼とあたしをモデルにして、スポニチに『嘘つきな子猫』って官能小説を書き始めた」

それはちょっとだけ違っていた。更紗には内緒だったが、私は自分の愛人である山崎さんと更紗をモデルにあの小説を書いたのだ。私にとっての山崎さんと、更紗にとっての「先生」と呼ばれる男性が、偶然にも同じような年上のビジネスマンで、雰囲気がかぶったことが彼女に勘違いを起こさせたのだ。私はあえてそのことを指摘せず、彼女の勘違いに任せたままにしていた。

「ああっ、だってそれは更紗が小説を書いてくれって言ったのよ」

私は恨みがましい目で彼女を睨む。

「もちろんそうよ。何もあたしは文句を言っているんじゃないの。むしろ薫には感謝したいくらい。だって、スポニチを読んだ先生が、そのモデルが自分達だって気づいて、実際に同じことをあたしにしてくれたんだから」

話をしながらも、更紗はバイブレーターを動かすことをやめない。

更紗が「先生」と呼ぶ男性が、私の書いた小説をスポニチで読み、それと同じ行為を更紗にし始めたことは、完全に私の計算外だった。

愛する更紗のことを、小説の世界だけでも自由にしたくて、私は自分自身の分身として、私の愛人である山崎さんをモデルにした男性を、その相手に選んだ。

しかし、現実の世界では、更紗の前に「先生」が現れ、私が更紗にしたかったことを、自由にしはじめたのだ。

先生は私の愛する更紗の体を、私に代わって快楽の世界に連れて行った。それも私が小説に描いたやり方で。

「ああぁっ、更紗……」

バイブレーターの動きが激しくなっていく。私は無意識のうちに、それに合わせて腰を振っていた。

「薫が書いてくれた官能小説のおかげで、あたしは先生にアダルトショップに連れて行かれ、バイブを買い与えられ、縄で縛られた上にそれで犯された。ＳＭハプニングバーにも連れて行かれたし、ピザ屋の配達のバイトの子の前でストリップもさせられちゃったわ。どれもあたしの人生観を変えちゃうくらいの興奮だった。みんな薫のおかげよ。でも、その代わり、恋人の直人とは疎遠になっちゃったけどね」

更紗はそう言って、舌を出すと、唇をゆっくりと舐めた。グロスを引いたように、唇が妖しく光る。

「薫はあたしのことが好きなんでしょう?」

更紗が猫のような目で、私を見つめながらそう尋ねた。私は答えに困ってしまう。

更紗はいつだって私の側にいた。高校のときも、大学のときも、卒業してからも、ずっと彼女は私の一番の親友だった。そんな彼女に対して、私が恋愛感情を持っていたことは、私の心の中だけに隠してきた秘密だった。

更紗には直人君というれっきとした恋人がいたし、私には山崎さんという高校時代から関係のあった妻子ある愛人男性がいた。

私の更紗への思いは、墓場まで持っていくつもりの秘密だったのだ。それを彼女の口から聞くことになるなんて。

しかも、お互いに全裸で、私は両手を後ろ手に括られてバイブレーターを突っ込まれている状況だった。同性の親友に対して、積年の愛を告白するには、これ以上ないくらい最悪なシチュエーションだ。

「ど、どうしてそれを……」

「薫のことを見ていれば、それくらいわかるわ。あたしだってそんなに鈍感じゃないよ」

更紗が私を見つめる。彼女の瞳に私が映っているのが見えた。その透き通った瞳が、みるみる涙に曇っていく。

「更紗……」

「薫。あたし達、いったいどうしたらいいんだろうね？」

涙の雫が一粒、そしてまたもう一粒、私の顔に降り掛かった。温かい涙だった。

そのうちの一粒が、私の唇の上に落ちる。私は舌を出して、自分の唇についたその涙を舐めてみた。

「涙って、しょっぱいね」

「えっ？」

「更紗の涙って、塩の味がする」

「どれどれ、あたしも舐めてみる」

更紗が私の頬の上に落ちた自分の涙を、舌を伸ばして舐める。

「どう？」

「ほんとだ。しょっぱい」

二人は顔を見合わせて笑った。

そのとき、インターフォンが再び鳴った。

「薫、ごめんね」

「えっ、更紗？」

更紗が玄関ドアの外に向かって叫んだ。

「どうぞ。鍵は開いてます！」

しばらく間をおいて、ドアが開く。濃紺のスーツに身を包んだ中年男性が入ってきた。

玄関ドアを開けて入ってきた男性を見て、私は息を飲む。男性はそのまま部屋に上がり込み、私達二人の側まできた。

私も更紗も全裸だった。私はストッキングで後ろ手に縛られており、巨大なバイブレーターを性器に突き立てられてもいた。

しかし、私は自分の体を隠そうとはしなかった。そんなことよりも、その男性がそこにいることの衝撃の方が遥かに大きかったからだ。

「薫、紹介するわ。あたしのSMパートナーで、通称『先生』こと、山崎さんよ」

更紗が男性の手を取りながら、山崎さんを紹介する。

「な、なんで……どういうことなの？」

まったく訳がわからなかった。何でここに山崎さんがいるのだろうか。

山崎さんは私の愛人だった。私の初体験の相手で、それ以来ずっと肉体関係にあった。

妻子のある人だったので、私の恋人というわけではなかったが、ずっと更紗のことを愛し続けたために恋人を作らなかった私にとって、唯一、体の関係を持った男性だった。もちろん、私にSMプレイを教えたのも彼だった。

その山崎さんが、なんでここにいるのだろうか。更紗は山崎さんのことを「先生」だと言った。いったいどういうことなのだろうか。私はひどく混乱していた。

「薫がスポニチに書いていた官能小説は、実はあたしと山崎さんのことだったのね？　その山崎さんが、薫の部屋に来るついでに、仕事の疲れを癒すためにマッサージ店に寄った。薫のマンションもあたしの勤めているアロママッサージ店も、同じ池袋にあるんだから、山崎さんが偶然にあたしの店に来たとしても、それほどおかしな話じゃないでしょう。池袋にそんなに何店もマッサージ店があるわけじゃないしね」

「山崎さんが、更紗の店の常連さんだった……」

「そうよ。あたしの携帯番号を聞いて、食事に誘ってくれた男性が山崎さんだったの。あたしは彼のことを『先生』と呼んでいたし、山崎さんはあたしと薫がまさか親友だったなんて知りもしないから、お互いに薫を通じて繋がりがあるなんて、薫も含めてずっとわからないでいた、というわけ」

「そ、そんなことって」

「ほんと、不思議よね。でもね、あたしが偶然にスポニチを持っていて、『ここに出てくる更紗って、あたしがモデルなんですよ』って言ったら、先生が、『その作家の長崎薫のこと、俺はよく知っているよ』って言って、それですべてが繋がったの。もう、二人ともすごく驚いちゃった」

私は山崎さんと更紗を交互に見つめた。心と体が深く結びついた不思議な関係にある三人の男女が、運命の悪戯によってここに集っている。

山崎さんが口を開いた。

「薫から、ずっと片思いをしている親友の女の子がいるとは聞いていたからね。更紗からスポニチの話を聞いた瞬間、その相手が彼女だって、すぐにわかったよ」

「で、でもなんでここに来たの？」

更紗が私の乳首を指で摘みながら、それに答える。

「薫の気持ちがわかったからよ。あたしは先生の愛人で、薫は山崎さんの愛人。その先生と山崎さんが同一人物で、しかも薫はあたしのことを愛している。そうでしょう」

更紗が私の乳首をそのしなやかな指先で捻り潰した。苦痛と快楽が同時に私の中を満たしていく。恋愛とよく似ていると思った。

更紗の言葉に、私は素直に頷いた。更紗が顔を寄せてくる。二人の唇が重なった。ほんの僅かな時間だったが、蕩けるようなくちづけだった。

「ありがとう。実はあたしも薫のこと、愛している」

「だって、更紗には直人君がいるじゃない？」

「ずっと直人のことを愛していると思っていたの。でも、先生からＳＭの世界に引き摺り込まれて、倒錯的な快楽の世界に足を踏み入れてみると、今までの愛がなんとも安っぽいものに思えて仕方なくなった。そして、あたしの本当に求めているものはなんだったんだろうって、考えるようになった。薫、あなたのことも本気で考えてみた」

「私のことを？」

「うん。それで、薫の愛に応えたいって、そう思ったの」

「私の愛に……」

「でも、それにはあたし達らしいやり方がいいと思うの。だから、先生にここに来てもらったの。いいわよね？」

私は黙って頷いた。

それを合図にしたように、山崎さんが服を脱ぎ始めた。スーツを放り投げ、ネクタイをスルスルと抜き、ワイシャツや下着を脱いでいく。瞬く間に全裸になってしまった。

私の見慣れた山崎さんの裸体。しかし、更紗もその体から目を離さない。彼女にとっても、見慣れたものなのだろう。

山崎さんのペニスはすでに勃起していた。

「山崎さん、もうこんなに」

私が指摘すると、少し照れたように笑う。

「こんな美女二人の裸を同時に目の前にしているんだからね。これで勃起していなかったら、男として失礼な話だろう。俺はそれくらいの礼儀はわきまえているさ」

その言葉に三人で笑う。

山崎さんがソファに座る。更紗がそのペニスを口に含んだ。音を立てながら、激しく刺激していく。更紗が口を離すと、山崎さんのペニスは唾液でべっとりと輝いていた。

「薫のためにヌルヌルにしておいたからね」

そう言って、更紗が私を後ろ向きのまま、山崎さんの方に押し付ける。

「バイブがまだ入ったままだわ」

「いいのよ、そのままで。どうせ、そっちを使うんじゃないんだから」

私は山崎さんに背後から抱えられるようにして、彼の上に座らされた。排泄器官に、硬く勃起したペニスが当たる。

「ああああっ、そんなっ。ちょっと待って！」

ペニスがメリメリと音を立てるようにして、私の中に押し入ってきた。私は自分の体の重みで、ペニスをすべて飲み込んでしまった。

「薫、どう？」

更紗が私の股間を覗き込んだ。私はお尻の穴に山崎さんのペニスを根元まで挿入されている。

「すごい。全部入ってる」

膝の下に山崎さんの手が入り、そのまま両足を大きく開く形に背後から抱きかかえられた。まるで赤ちゃんがおしっこをするときみたいだった。もっとも私は、背後からお尻の穴を、熱いペニスで串刺しにされている。

開いた両足の間には、更紗が膝をついていた。私のヴァギナに突き刺さったままのバイブレーターを摑むと、再びスイッチを入れる。

「あうううっ！」

激しく前後に動かされた。電流が突き抜ける。

「ああっ、だめっ。う、動かさないで！」

「動かすとどうしてだめなの？」

「恥ずかしい」

「すごい濡れ方よ。こんなにして、感じるのね」

「やめて、だめっ。ほんとに動かしちゃいや」

「動かすと、どうなの？」

更紗の瞳が興奮に潤んでいる。

「お尻に入っている山崎さんのペニスと更紗が動かしているバイブが、私の中で当たっているの。二つが中で擦れあってる。ああっ、すごい！」

「感じるの？」

「感じる。すごい感じる」

「じゃあ、いっていいわよ。先生にお尻の穴を犯されて、あたしにバイブであそこを犯されて、薫はいかされるのよ」

そのときになって、私はあのストーカー男のことを思い出した。携帯電話はずっと繋がったままだ。恐らくこの光景だって、望遠鏡で覗いていることだろう。

「だ、だめよっ！」

「あたしと先生に気持ちよくしてもらってるのよ。我慢することなんてないよ」

更紗の手の動きがどんどんと速くなる。

「あううううっ！　ち、違うの。だめっ、更紗、ちょっと待って」

「だめよ。待ってあげない」

先生も背後から鋼のようなペニスを突き上げてきた。杭《くい》を打ち込まれたような強烈な刺激が直腸を襲う。

「あああっ、だめぇ」

私は焦点の合わぬ目を半開きにして、唇から涎を零しながら、全身を仰け反らせて喘ぎ、涙する。

両手を後ろ手に縛られているので、更紗と山崎さんによる淫靡な責めから逃げることもできない。すべてを正面から受け止め、快楽の極致に溺れ続ける。

山崎さんの腰使いも激しさを増してきた。

「ああっ、薫。俺もいきたくなってきた」

「あうううっ、ねえ、お願い。私の話を聞いて。この部屋は盗聴されているのよ。それにその窓の向こうから、望遠鏡で覗かれてもいるの。私、脅されているの。だから、こんなことをしてちゃいけないのよ」

私は痙攣する体を最後に残った理性で抑え込みながら、必死になってあの男のことを二人に訴えた。更紗と山崎さんが顔を見合わせる。そして、吹き出すようにして笑い出した。

「ストーカーのことでしょう。知ってるわ」

更紗が山崎さんにウインクして、そう言った。

私は更紗と山崎さんの顔を交互に見る。二人は意味深に目配せしていた。

「どういうことなの？」

ちょっとでも気を抜くと絶頂に持っていかれそうになる。暴力のような快楽の中で、私は必死になって理性を保ちながら、二人に訴えた。

「あの男のことなら心配ないさ」

山崎さんが背後から耳朶を甘噛みしながら囁く。彼の吐く息を感じる。

「ああっ。あの男、山崎さんが仕掛けたの？」

山崎さんが頷いた。更紗がテーブルの上の携帯電話に声を掛ける。

「ご苦労様。薫にばれちゃったからもういいわよ」

更紗は携帯電話を取り上げると、電源を切った。

「山崎さん、どうして？」

「そうだな、ちょっとした悪戯というか、まあ、仕返しかな？」

「仕返し？」

「薫がスポニチに書いた小説の話に、俺も更紗も実際に乗せられたわけだろう。まあ、自分達から楽しんでいたのも事実だけど、すべては君の書いた筋書き通りに動かされてたわけで、ちょっと悔しかったんだよ。それで更紗と相談して、悪戯してみようってことになった。あのストーカーなら大丈夫だよ。俺の馴染みのＳＭハプニングバーの店員で、口は堅いし、信用もおける奴だから」

呆然としている私に、更紗がくちづけをした。

「薫、怒らないでね。これから三人で、新しい関係をスタートするんだから。言わばそのためのスターティング・イベントみたいなものよ」

性的な興奮を潤んだ瞳に漂わせ、更紗が私の陰毛を指先で梳いていく。すぐにクリトリスを摘まれた。怒るどころか、すべてのことがもうどうでもよくなってしまう。

「あああああっ」

バイブレーターが、さらに激しく動かされた。山崎さんの腰の動きもそれにシンクロしていく。薄い粘膜を隔てて、バイブレーターとペニスが擦り合う。いつしかそれが絡み合い、一つになったような気がした。

「薫、いくのよ！」

「ああっ、いくわっ！」

「俺もいくぞっ！」

直腸への熱い射精を感じながら、私は更紗が握り締めたバイブレーターによって、絶頂を迎える。

死ぬほど感じた。絶頂が永遠に続く。この無限に続く愉楽の中に、私は身を堕としていく幸せを心から感じた。

《完》

9　エピローグ

「松崎さん、最終回、お疲れ様でした」

スポニチ編集者の牧村さんは、最終話の原稿を読み終えると、にっこりと笑ってお辞儀をした。

　これで四ヶ月の連載が無事に終了する。私は胸を撫で下ろした。

「『女子大生作家が女友達をモデルに官能小説を書く』という話の官能小説なんて、初めて読みましたよ。この二重構造には驚かされました。しかし、この更紗と山崎って登場人物、実際にモデルとかいるんですか？」

「やだ、そんなのいるわけないでしょう。すべて私の創作ですよ」

「そうなんですか？　この長崎薫っていう主人公だって、松崎さん自身なんじゃないかって、編集部ではもっぱらの噂でしたよ」

「私自身ですか？」

「美人でナイスバディの女子大生の官能小説家。どう考えたって、これって松崎詩織のことでしょう？」

「とんでもない。あくまで小説のお話ですよ。私はあんなに淫らな女の子じゃないです。もう、牧村さん、なんか目がいやらしいですよ」

「いやぁ、どうもすみません」

　牧村さんが笑いながら頭を掻いている。

　私は牧村さんに挨拶をすると、スポニチ本社を後にした。風がスカートの裾を通り過ぎていく。私は乱れる髪をそっと手で押さえた。

外に出ると、スレンダーな美女が私を待っていた。彼女の手を握る。その指先からはアロマオイルの香りがした。

この作品は二〇〇八年八月一日から十一月三十日まで、「スポニチ」（スポーツニッポン新聞社）にて連載されていた「堕天使の指先」を改題し、加筆修正をした文庫オリジナルです。

幻冬舎アウトロー文庫

●最新刊
夢魔Ⅲ
越後屋

嫉妬、嘆き、苦悩、愛憎——女たちの心に宿った切なる願いに付け込み、邪悪な淫夢の世界へと迷い込ませていく夢魔の毒牙。女の幸と不幸が混じりあう幻想SMの世界。人気シリーズ第三弾。

●最新刊
未亡人紅く咲く
扇 千里

涼子の尻の見事さ。この尻に命をかける男もいるだろう。「俺はこれに狂うな」。学園のマドンナだった涼子と二年先輩の博史。夢にまで見た肉壺を犯す博史と淫乱を極めていく涼子の快楽の果て！

●最新刊
皮を剝く女
館 淳一

小学校教師淑恵の元には、夜の校舎裏で凌辱されて以来、脅迫状が。今日の命令はテスト中のオナニー。「触るふりをするだけ」のつもりが、指でイッてしまう淑恵。命令はエスカレートする。

●最新刊
女体の神秘
由布木皓人

中学の女教師・渚の夫・昭一郎のセックスは執拗かつ嗜虐的だった。昭一郎は渚の学校で、下着をつけていない陰阜を生徒に見せつけるよう強要するが、拒む渚の膣口からは愛液が溢れ出ていた。

●好評既刊
夜の雫
藍川 京

十年音信不通の女が熟れた人妻に変身し、今身を任せる。彼女の秘所にはピアスが……（「露時雨」）。他、夫の浮気に悩みながらも自ら初めての不倫に悶える人妻の「花雫」など九つの性愛小説集。

幻冬舎文庫

●最新刊
大奥
鈴木由紀子

女としてのあらゆる武器を使い、ただひとりの男をめぐって争った江戸城大奥は、さまざまな出自の側室を抱えていた。お静の方、お万の方、右衛門佐をとおして大奥の真実を描いた異色時代小説。

●最新刊
絆
山田浅右衛門斬日譚
鳥羽　亮

土壇場に引き出された罪人から今生への未練を密かに聞き、それを全うさせる処刑人・山田浅右衛門。彼の苦悩と、罪人の哀切極まりない半生を通して「人生の意味」を描ききる感動の連作時代小説。

●最新刊
閻魔亭《えんまてい》事件草紙
迷い花
藤井邦夫

高級料理屋『八百善』に、悲鳴が響いた。そこには中年武士の斬殺死体。そして、消えた女……。戯作者〝閻魔亭居候〟として難事件の真相を探る夏目倫太郎の活躍を描く好評シリーズ第二弾！

●最新刊
紅無威《くれない》おとめ組
南総里見《なんそうさとみ》白珠伝《はくじゅでん》
米村圭伍

脇差の下げ緒に結んだ白い珠に突如、浮かび上がった文字、(孝)。奇怪な現象を目にした桔梗が館山藩内で突き止めた謎めく白珠伝承の真相とは？　大江戸チャーリーズエンジェル、白熱の第二弾！

●最新刊
御家人風来抄
風雲あり
六道　慧

弥十郎が用心棒を頼まれた家で「運座のようなもの」が開かれた。その夜、家の主人は毒を盛られ「長谷川平蔵」という謎の言葉を遺して死ぬ。背後にちらつく水戸家の影……。シリーズ第三弾！

GENTOSHA OUTLAW BUNKO

誘惑《ゆうわく》

松崎詩織《まつざきしおり》

平成21年6月10日　初版発行

発行人——石原正康
編集人——菊地朱雅子
発行所——株式会社幻冬舎
〒151-0051東京都渋谷区千駄ヶ谷4-9-7
電話　03(5411)6222(営業)
　　　03(5411)6211(編集)
振替00120-8-767643
印刷・製本—株式会社 光邦
装丁者——高橋雅之

幻冬舎アウトロー文庫

ISBN978-4-344-41327-6　C0193　O-76-6